檸檬水犯罪事件

文 賈桂林．戴維斯
圖 薛慧瑩、陳佳蕙
譯 謝靜雯

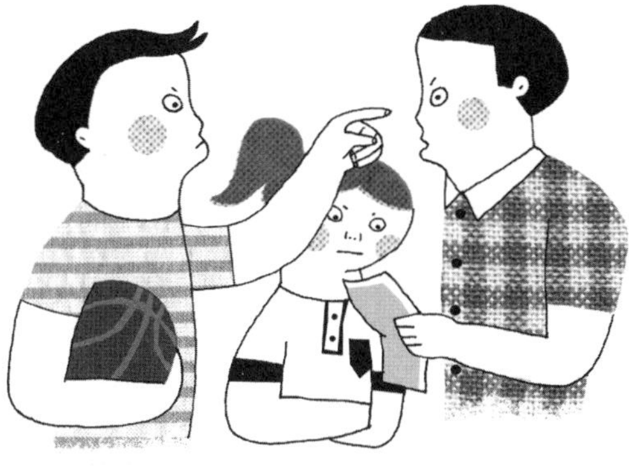

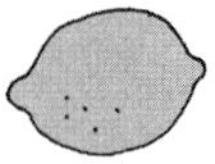

獻給 C. Ryan Joyce

對許多人來說就像代理父母——

對我來說尤其如此

目錄

1 騙局

騙局
（fraud，名詞）
為了個人或財務利益而欺騙他人的罪行；假扮別人身分。

「不公平！」潔西大喊。她指著哥哥伊凡正塞進夾鍊袋裡的第四塊巧克力碎片餅乾。

潔西和伊凡正站在廚房裡，準備去上學——兄妹兩人同班，對他們來說，今天都是四年級開學的第四天。

「好啦！」伊凡說，然後抽出一塊放回餅乾罐。「你三片，我三片，高興了嗎？」

「這和高不高興無關，是公不公平的問題。」

「隨便啦！我要走了。」伊凡把背包往肩上一背，就消失在通往車庫的階梯上。

潔西走到前廳窗戶，看著哥哥騎上腳踏車沿街揚長而去。她還沒有腳踏車駕照，所以沒有父母隨行，不能自己騎腳踏車上學。這就是跳過三年級，成為四年級班上年紀最小小孩的另一個缺點。班上其他人都能騎腳踏車上學，但她還是得走路去。

潔西走到冰箱那裡，在午餐日曆上再劃掉一天。今天的午餐是圓麵包夾雞肉派，不是她最愛的，但是還可以接受。她用手指彈彈這星期剩下的每一天，大聲讀出主菜：快餐式熱狗（噁！）、烤雞塊配沾醬、墨西哥捲餅、星期五是她最愛的——肉桂糖霜法式吐司條。

星期六的格子是空的，可是有人用紅色麥克筆填滿了字：

星期六
贖罪日 開派對嘍！

潔西雙手插腰，是誰寫的啊？可能是伊凡的某個朋友——亞當或保羅，亂碰她的午餐日曆。很可能是保羅！很像他的風格。潔西知道贖罪日（註①）是非常嚴肅的猶太節日，她想不起由來，可是肯定很嚴肅，所以不應該在贖罪日後面寫「**開派對嘍！**」那種話。

「潔西，你準備好了嗎？」崔斯基太太邊走進廚房邊問。

「嗯！」潔西說。她拿起背包，發現背包幾乎和她的體重一樣重了，往上抬到肩膀時，腰部必須稍稍往前傾，才不會往後倒。「媽，你不用再陪我走路上學了。我是說，我都四年級了，你知道吧？」

「我知道你四年級了，」崔斯基太太邊說，邊在車庫階梯上找鞋子，「可是你才八歲——」

「我下個月就九歲了啦！」

崔斯基太太看著她，說：「你這麼介意哦？」

「我和梅根一起去不就好了？」

「梅根不是遲到大王嗎？」

「可是我都會早到，那樣我們就打平了。」

「我想你明天可以和她一起去。可是今天，我們還是一起走路去，好嗎？」

「好吧！」潔西說。她其實很喜歡和媽媽一起散步上學，可是不曉得其他小孩會不會因此更覺得她是怪胎。「可是這是最後一次囉！」

她們花不到十分鐘就走到學校。導護人員達爾玲舉起戴著手套的雙手，擋住車流並喊道：「好了，你們現在可以過馬路了。」

潔西轉向媽媽：「媽，剩下的路我可以自己走。」

「嗯，」崔斯基太太一腳踏在人行道、一腳踩在馬路上，「好吧，等學校放學的時候再見囉！我會在這邊等你。」她往後退回人行道上，潔西知道媽媽會一直看著她走到操場為止。她對自己說，**我不能轉身揮手，四年級生不能做那種事**。伊凡跟她解釋過了。

潔西踏上操場，尋找梅根的蹤影。要等到鈴聲響起，大家才能走進教室，所以上課前他們都聚集在外頭，吊單槓、溜滑梯、成群聊天，或是迅速玩一場足球或籃球比賽——如果運氣夠好，老師准許他們在上課前借球的話。潔西掃視整個操場都沒看到梅根，她可能又遲到了。

潔西用拇指鉤住背包的肩帶，她已經注意到大部分的四年級女生都不背背包了。她們會用軟趴趴的側背包來帶書本、活頁夾、水瓶和午餐。潔西覺得那種包包很蠢，會頻頻撞到膝蓋、壓迫肩膀，還是雙肩背包比較實用。

她朝著伊凡和一堆男生在玩投籃淘汰賽的球場晃去。其中有些男生是五年級，長得滿高的，可是看到伊凡逐漸占了上風，潔西並不訝異。伊凡對籃球本來就很拿手，潔西覺得他是他們年級裡最厲害的，搞不好是全校最棒的呢！她坐在場邊觀戰。

「好了，我要轉身跳投囉！」伊凡說，因為喊出投法後，下一個人必須模仿他，「從地上那條短裂縫開始。」他運了幾次球，潔西和其他小孩都在看他會不會投中。當他終於跳起身，往後落地並鬆手投出球時，球飛越空中，劃出了一道完美的彩虹——恰好空心進籃。

「喔，天啊！」萊恩說，他必須模仿那個射球方式。他運了幾次球，彎下膝蓋，可是就在那時，鈴聲響起，列隊時間到了。「哈！」萊恩說，然後把球朝空中拋高。

「算你好運。」伊凡說著便從空中把球抓走，放進收納四年O班遊樂器材的牛奶箱。

潔西喜歡伊凡的朋友，他們通常都對她不錯，所以她就跟著一起排隊。潔西知道排隊的時候不要直接站在伊凡的後面。今年，妹妹潔西和哥哥伊凡在同一個教室上課，伊凡本來就不怎麼高興了。崔斯基太太給過潔西忠告：**給伊凡一些空間**。她現在就聽話照做。

潔西掃視操場，期待梅根出現，可是她卻看到史考特．斯賓塞從他爸爸的車裡跳出來。「喔，棒極了！」潔西嘀咕。對潔西來說，史考特．斯賓塞是個愛裝模作樣的騙子。他總是背著老師做不該做的事，卻永遠都不會被逮到，就像他把美術教室裡的水仙花都切斷的那次，或是他把黑板上的星號擦掉，讓他的學習小組得到了那週的團隊獎。

史考特走到隊伍時，就直接從潔西的前面插隊。他輕拍萊恩的肩膀後面說：「嘿！」

「嘿！」萊恩說，轉身對他點點頭。

「抱歉，」潔西戳戳史考特的手臂說，「隊伍的尾巴在後面那邊。」她用拇指朝背後用力指了指。

「那又怎樣？」史考特說。

「你不能往前插隊。」

「誰在乎啊？我們只是要進學校而已。」

「這是隊伍，」潔西說，「規定就是你要從隊伍的尾巴排起。」

「誰管你說什麼啊？」史考特聳了聳肩之後轉身背對潔西。隊伍開始往前移動，史考特又往幾個男生的手臂捶了捶，向他們打招呼說嗨。那些男生也嗨了回去，可是，潔西注意到伊凡只是直直地往前看，沒有回應史考特。

「天啊，我太慢出門了。」史考特對萊恩說，然後咧嘴笑著，「我在玩新的Xbox，想停都停不下來。」

「你有最新的 Xbox 了？」萊恩說。

保羅轉過身來。「誰有了那個？誰？」

「他說他有。」萊恩指著史考特說。

「不可能，」萊恩說，「根本還沒上市。」

「嗯，一般店面是還買不到啦，」史考特說，「不過我媽在日本那邊有認識的人。」

潔西望向伊凡，他排在隊伍的最前面。她看得出來他還沒聽到史考特說的話，可是有愈來愈多男生都轉頭去聽關於最新 Xbox 的事。那是最新推出的電玩系統，有環境視覺的護目鏡、感應動作的手套。於是，排在潔西前面的人開始擠成一團。

潔西走到教室門口時，歐佛頓老師就站在那裡向走進教室的每位學生道早安。「歐佛頓老師，史考特・斯賓塞今天早上插我的隊。」潔西不是愛打小報告的人，可是史考特必須學學什麼是「規定」。

歐佛頓老師把手搭在潔西的肩膀上，說：「好的，潔西。我明天會留意的，確定不會再讓那種事發生，我們就暫時別追究吧！」

太完美了！潔西走到書桌把椅子從桌上拿下來時，一面暗想，**史考特・斯賓塞又可以逍遙法外了**。

她把倒扣在桌上的椅子放回地上，然後往外走到走廊，將背包掛在自己的櫃子裡。她撕下作家筆記本某頁的一角，當成紙條匆匆寫上東西。然後，在回自己座位的路上，經過伊凡的座位時，順便把紙條塞進他的手中。

潔西沒看到伊凡把紙條打開來看，可是她看得出來他讀過了，因為伊凡正瞪著史考特・斯賓塞，簡直可以看到他的雙眼射出了子彈。

史考特・斯賓塞買了一臺最新的 Xbox。你想他買東西的錢是哪裡來的？

①贖罪日是猶太人一年中最神聖莊嚴的日子，虔誠的猶太人教徒會在這一天「禁食」，不吃不喝也不工作，他們在猶太會堂祈禱，贖回他們在過去一年中所犯下的過錯。

2 報復

報復

（revenge，名詞）

造成別人的痛苦或傷害別人，因為他曾經傷害過你。

伊凡把手中的紙條捏皺。突然間，他不想再跟朋友一起嬉笑和亂開玩笑了，他好想用拳頭擊穿牆壁。

原因是：伊凡比之前都更確定，史考特偷走了他的錢。這件事上星期才發生，就在那波熱浪來襲的時候，就在他忙著和潔西打檸檬水戰爭。當時所有的男生全都到傑克家去了——保羅、萊恩、凱文、馬里克和史考特，他們在玩泳池投籃。伊凡短褲的口袋裡放了一萬零二百四十元，**一萬零二百四十元耶！**他這輩子從沒擁有過這麼多錢。他們要去游泳的時候，他把短褲折好放在傑克房間的床鋪上。後來史考特離開泳池去上廁所，一分鐘過後，他說他必須馬上回家，就跑著離開了。等伊凡回到屋裡穿衣服的時候，錢早已不翼而飛。

那是伊凡這輩子覺得最悲慘的時候。

很久以前，大約一百萬年以前，史考特和伊凡還是朋友。算是啦，伊凡常到史考特家玩，偶爾史考特也會來伊凡家玩，雖然史考特說他家比較好，因為有更多事情可以做。甚至有一次，伊凡到史考特家在鱈魚角的海灘小屋過夜。斯賓塞家滿有錢的，因為史考特的媽媽是律師，在市區最大的律師事務所工作，他爸爸在家裡經營財務顧問的事業。

可是自從那次之後，兩人的友誼就降溫了，降到了冰點。事實上，史考特滿惹人厭的，他很愛自吹自擂，玩遊戲的時候會作弊，連「釣魚」或「手術」（註②）那種愚蠢的小遊戲，也都要作弊，玩「釣魚」那種遊戲，誰在意輸贏啊？他愛把東西鎖得牢牢的，比方說他家裡的零食，他曾把巧克力蛋糕捲和圓形巧克力派，都鎖在地下室的檔案櫃裡。如果伊凡認真想起來，不得不承認自己真的很受不了那個小鬼。而現在他更有理由可以討厭他了。

「早上的功課，伊凡。」歐佛頓老師說，她經過的時候輕敲伊凡書桌上的學習單。伊凡把注意力轉回書桌上，細看眼前的「得分王測驗卷」數學題目。班上的其他小孩都在做同一道題，伊凡看得出來有些人已經完成了。平時，這種狀況會讓他心情相當緊繃，可是，今天早上他放在題目上的專注力，還不足以讓他的心裡有那種「**慘——了**」的感覺。

我就可以買 Xbox 電玩，新的那款。史考特上個星期就是這麼說的，就在伊凡短褲裡的錢消失以前。當時他們努力想算清楚，靠檸檬水攤可以賺多少錢，也在想，他們如果有錢了，突然變有錢了，各自想買什麼東西。

現在史考特·斯賓塞有了 Xbox，而且是最新款的。伊凡很確定，史考特是用從他口袋裡偷來的錢去買的。伊凡好想抬頭大聲咆哮。

沙—沙—沙—沙—沙—沙—沙——有如響尾蛇準備襲擊的聲音竄遍了整間教室。伊凡抬起頭來，歐佛頓老師正在搖晃大大的非洲樂器沙克雷，那是她用來喚起每個人注意力的工具，是一個挖空的葫蘆周圍披著珠子，會發出沙沙沙聲。

「好了，收卷員，」歐佛頓老師說，「請把『得分王測驗卷』收回來，放在我的書桌上。」每個星期，四年O班的學生都會被指派一份工作。有些工作很正經，像是收卷員、器材管理員和點名員；有些工作很呆，像是小雞造型師（歐佛頓老師的書桌上坐著一隻橡皮雞，負責替那隻雞挑選裝扮的人），還有扮鬼臉員（在星期五放學之前，要負責做一種鬼臉，全班都要模仿）。「其他人，請到地毯這邊來開晨會。」

伊凡回頭望著眼前的空白數學題目，他只在測驗卷上寫了名字就遞給莎拉，然後走到地毯的角落坐下，背靠著書櫃。

「伊凡，請坐正，」歐佛頓老師微笑看著他說，「圍成圓圈時不要彎腰駝背哦！」伊凡盤起雙腿坐好。

首先，他們順著圓圈做活動，每個人都要先向右邊的人打招呼，然後再向左

邊的人打招呼，可是要用不同的方式。輪到伊凡的時候，他用「扣尼基哇」對隔壁的亞當打招呼。伊凡喜歡說那個日本字，他覺得好像在嘴裡把球踢來踢去；潔西用手語向梅根打招呼；史考特・斯賓塞對萊恩說：「有啥好事？」逗得全班每個人都笑了，除了伊凡以外。

接著，歐佛頓老師把晨間掛板翻到新的一頁。昨天早上有隻野雁在操場上降落，成了今天的討論主題。歐佛頓老師想要知道，大家對野雁知道哪些特別的事，對一般的候鳥又有什麼認識。於是他們輪流上前在畫架上寫出一件事，直到每個人都參與過為止。伊凡寫下：「**有些鳥會連續飛行好幾天。**」他打算補充「**當牠們隨著季節遷徙的時候**」，可是他很確定自己會把「遷徙」寫錯，所以乾脆省略了那部分。

他們談完了野雁和隨季節遷徙的事情之後，歐佛頓老師把麥克筆的筆蓋套上，並說：「我們回到座位之前，有沒有人想跟全班分享什麼？」全班大約有一半的小孩都舉起手，可是沒人舉得比史考特．斯賓塞快。

「史考特？」歐佛頓老師說。伊凡駝起身子往後靠向書櫃，他不想聽史考特跟全班分享的事。

「我有最新款的 Xbox 了！」史考特邊說邊環顧大家。

班上立刻喧譁了起來，二十七個四年級生同時開口說話。歐佛頓老師的沙克雷搖了將近十秒鐘，大家才靜了下來。

「我的老橡皮雞！」歐佛頓老師說，四年O班的小孩都笑了出來。「我看得出來，你們對史考特的新遊戲機都很有興趣。我們可以針對史考特的分享，提出三個問題，然後就輪下一個人說。」

歐佛頓老師先叫艾麗莎。

「最新款有什麼厲害的地方？」她問。

「你在開玩笑嗎？」保羅說，「你戴上隨機搭配的護目鏡，電視螢幕就會變成 3D 立體的耶！」

「保羅，如果你想發言，記得要先舉手。」歐佛頓老師說。

史考特點點頭。「對啊，就像你真的在叢林**裡面**，」史考特說，「或者真的到了賽車比賽的現場，不管遊戲的地點是在哪裡，戴上手套就可以控制，像這樣動你的手指。」史考特伸出雙手，示範遊戲進行時怎麼用不同的方式來移動手指。萊恩搖搖頭，不敢相信會有這種事。

歐佛頓老師看著所有還舉得高高的手。「第二個問題，傑克？」

「裡面有哪些遊戲？」傑克問。所有的男生，甚至有好幾個女生，都把身體轉了過來，使得整個圓圈的人都和史考特面對面。

「目前我有『防禦者』、『馬路狂飆』和『危機』。還有一堆日文的遊戲，可是我不知道是什麼。」

全班開始竊竊私語、暢談起來，最後歐佛頓老師請人問最後一個問題，然後就要換人分享了。「潔西？」

伊凡微微坐起身，納悶他的妹妹會問什麼。開學以來的頭幾天，潔西幾乎不發一語。現在班上的每個人都轉頭去聽她要說什麼。

「花多少錢買的？」她問。

伊凡露出笑容。就讓潔西去問每個人都想知道，但又不敢問的問題吧！

「潔西，這種問題不恰當。」歐佛頓老師說。

潔西皺起眉頭，說：「為什麼不恰當？」

「我們在班上不能談錢的事。」歐佛頓老師說。

「可是，我們算數學的時候都會提到錢，」潔西說，「一直耶！」

「那不一樣，」歐佛頓老師說，「我的意思是，我們不會問別人買什麼東西花了多少錢，那樣不禮貌。好了，我們繼續下去吧！伊凡，你有沒有想跟班上分享的事情？」

伊凡之前就已經舉起手，現在把手放下。「既然潔西的問題不算數，那我可以問第三個問題嗎？」

歐佛頓老師頓住片刻。伊凡看得出來，她想進行別的話題，可是她也希望能夠遵守晨會的規定。

「好的，」她說，「這很合理。」

伊凡轉向史考特，直直望著他的臉。當初讀到潔西紙條的那種感覺再次湧現，就好像有一臺巨型滾輪壓路機。伊凡幾乎從來不會生氣或嫉妒，可是現在他想要伸手越過教室抓住史考特，從他身上狠狠搖出來一些什麼。

「是誰買的？」他問，「是你還是你爸媽？」

史考特抬起下巴，他在籃球場上挑戰伊凡時就是這個模樣。「是我買的，全部都是我自己的錢。」

全班又是一陣喧譁。歐佛頓老師這次懶得用沙克雷，只是舉起雙手說：「四年O班！」當大家靜下來，她說：「史考特，你能夠為了自己想要的東西而存錢，很讓人佩服。現在我們要繼續聊別的了。」

可是伊凡沒辦法轉移焦點。莎莉跟全班說她拜訪祖父母家的那趟旅程，他都聽不進去；連保羅說起在家裡後院發現一窩蛇的事，他也充耳不聞。他聽不到也看不到任何東西，那種想要狠狠從史考特身上搖出來什麼的感覺，瀰漫全身、貫穿他、進入他的內在。現在他知道自己想要什麼了。

伊凡想要報復。

②「釣魚」（Go Fish）是玩配對的紙牌遊戲；「手術」（Operation）是比賽手眼協調和肌肉控制的遊戲。

3 目擊證人

目擊證人

（eyewitness，名詞）

實際目睹事情的發生經過，可以提供關於事件的第一手說明的人。

潔西站在門口，一腳踩在教室裡，一腳踩在操場上。其他小孩老早就跑到外頭去了，除了伊凡和梅根。他們兩個留在教室裡，要完成「得分王測驗卷」的數學題目。

如果梅根和伊凡不在外面，潔西也不想出去。大部分的四年級生她都還不認識（還不知道誰友善、誰不友善），她知道自己可能會向不對的人說出不對的話。大家會笑她，或是對她不好，或只是給她某種表情（她永遠無法了解的那些表情），然後轉身不理她。

也許潔西可以待在教室裡，讀她的「個人閱讀」書籍，這值得開口問老師一聲。

她走回位子，取出《乞丐王子》，這本書是外婆送她的，其實前後送了兩次。外婆在夏天剛開始的時候寄來一本，隨書附上紙條，寫著：**潔西，我在你這個年紀的時候，好愛這本書哦！**一個月之後，她又寄了同樣的書過來，附上的紙條寫著：**這本書讓我想起你，潔西。希望你讀得愉快！**

潔西當時哈哈笑著說：「我希望她可以忘掉生日禮金的事，寄兩次過來！」可是崔斯基太太笑不出來，她皺起眉來搖了搖頭，走去打電話給她媽媽，只是想知道她媽媽的狀況。

「歐佛頓老師？」潔西說。伊凡已經去上廁所了，梅根在走廊上喝水，所以除了潔西和老師，整個教室空蕩蕩的。

「是的，潔西？」歐佛頓老師從書桌抬起頭來，她正在讀學生們早上寫在作家筆記本裡的東西。潔西寫到了自己、伊凡和媽媽在家裡看勞動節煙火的經過。她用了很多字詞，比方說萬花筒和全景，還有強勁有力的動詞，比方說轟然炸開、流洩而下。她自認為那段文章寫得還不錯。

潔西聽到伊凡和梅根在走廊哈哈笑著，他們笑的方式讓她裹足不前。她不希望讓他們看到，她在下課時還跟老師一起留在教室裡。她很確定伊凡會說：「四年級生不會這樣的。」所以她咕噥說：「呃，沒事。」然後就把書帶回位子上。

「你應該到外頭去的，甜心，」歐佛頓老師說，「你不想錯過整個下課時間，對吧？」

「對。」潔西模糊地說。她趕緊走向後門，就是朝向操場的那一扇門。她轉身隨手關門的時候，看到伊凡和梅根從走廊踏進教室。他們不僅錯過下課時間而且還必須做數學，神情竟然還滿愉快的。

外頭有好幾個女生坐在野餐桌那兒折紙花；有些四年級生在攀爬遊樂設施那兒玩盪鞦韆、溜滑梯；有八、九個人在踢球；伊凡的朋友——保羅、萊恩、亞當跟傑克，加上史考特．斯賓塞，全部都在投籃。

潔西應該去哪裡好呢？她好奇男生們是不是還在談最新款的 Xbox 的事，於是悄悄接近籃框。她坐在草地上，假裝專心在看書，但其實是在偷聽男生們的對話。

潔西聽到保羅問史考特：「你是怎麼存到那麼多錢的？」他們不是真的在比賽，只是站在罰球線上射球而已。

「用很多方法。」史考特說。保羅運

球傳給史考特，他投出球但沒投進，潔西看到了，在心裡偷笑。

「像什麼？」亞當問。

「我在家裡做很多家事啊！」

「你不可能靠做家事存到那麼多錢的啦！」亞當說。

「就是可以。」史考特說。現在他扣住球，在原地運球。萊恩舉高雙手要接，因為輪到他投籃了，可是史考特遲遲不肯放手。「你是什麼意思？」

「就是我剛剛講的意思，」亞當說，「你**不可能**只靠做家事就存到那麼多錢。」

潔西想，**他的意思是，從伊凡那裡把我們賣檸檬水的錢全部偷走的人就是你，而且大家都曉得！**他把錢拿走的時候，如果有人親眼看到就好了。如果有目擊證人就好了，就像電視上的警匪節目！那麼史考特就不能安全逃脫……就不能逍遙法外了。

突然有陰影飄過她的書本，潔西抬起頭來，原來，大衛．科克里安正站在她旁邊。

很多四年級生潔西都還不認識，不過，大衛．科克里安是全校聞名的傳奇人物。大家都說他家裡有各式各樣的奇怪收藏，說他的五斗櫃上有個裝了水蜜桃果核的罐子，他只要吃完一顆桃子，就會加一枚新的果核進去；他有個盒子裡面滿是以前他穿過鞋子的鞋帶；甚至他有個大大的牛皮信封袋，裡面裝滿了他剪下來的腳趾甲。至少大家都是這麼說的，雖然潔西相當確定沒人真正看過那個信封。

「下課時間不能在戶外看課外讀物哦！」大衛說。

「我從來沒聽過有那種規定。」潔西說。

「就因為你不知道某個規定，不代表它就不是規定。」大衛開始挖著指甲。潔西暗想，他會不會連挖出來的東西也要蒐集。

「那是我聽過最蠢的規定了。」

「不，才不是，」大衛說，「你坐在這裡會被別人踩到。你根本沒注意安全，球可能會砸到你的腦袋。你可能會**死翹翹**。」

他開始朝著值勤老師的方向走去，潔西覺得自己的臉龐一熱，大衛會跟值勤老師說什麼呢？

於是潔西站起來趕往校舍。她會說她肚子痛，要去找護士。葛萊恩護士總是會先讓你躺個幾分鐘，然後才把你送回教室。那是個適合休息和安靜的地方，是個適合思考的地方。她要思考，不只是規定和下課時間而已，也要想想：史考特永遠都能躲開懲罰，真是太不公平了。她要想想有什麼辦法可以改變。

「腳趾甲收藏者。」潔西趕忙走進校舍，一面低聲嘀咕。

4 謠傳

謠傳

（hearsay，名詞）

引用他人的話，但那個人不在場，無法證明那些話是真是假；謠言。謠傳不能做為法庭上的證據。

「所以，你懂了吧？」梅根邊問邊往後靠向椅子，「它們是一樣的。看出來了嗎？」

那個數學問題和對稱有關。紙上畫了五種不同的形狀，伊凡必須先判斷每個形狀是不是對稱的，如果是，就畫出對稱線。梅根已經示範一個方法給他看了。

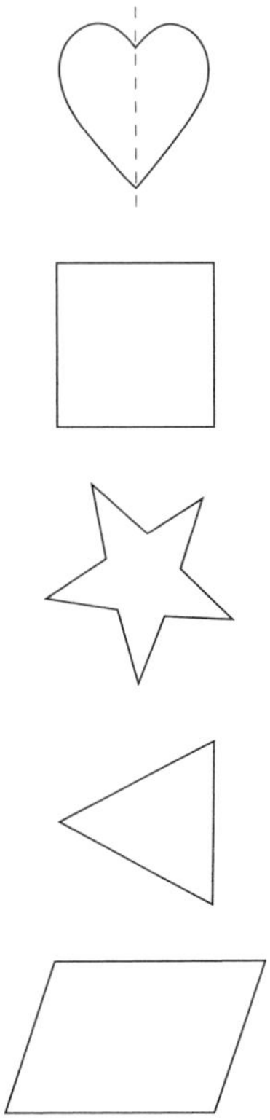

可是，伊凡坐在梅根·莫里亞提旁邊很難專心思考對稱的問題。

「那個簡單，」伊凡試著用酷帥的語氣說，「大家都知道心形是對稱的。」

「不是每種心形都是對稱的，」梅根說，「你看這個。」

「嗯，這個是很怪。」伊凡說。

接下來的三個形狀都不是很難，每個形狀的對稱線，伊凡都畫得出來。

可是最後一個形狀難倒他了，梅根最後不得不向他透露訣竅：那個形狀根本不對稱。

「它看起來好像畫得出對稱線，」梅根說，「可是永遠畫不出來，不管你把線畫在哪裡都一樣。潔西示範給我看了，她是數學天才，對吧？」

伊凡什麼都沒說。有個聰明到可以跳過一個年級的妹妹，就像有個籃球明星的好朋友，會讓你相形失色。

「嘿，伊凡，」梅根壓低聲音湊過去說，他們兩個都往歐佛頓老師的方向看，她正在講課室電話。伊凡可以聞到梅根頭髮上椰子洗髮精的氣味，讓他想到北斗星那家店的冰淇淋。「**你**覺得史考特．斯賓塞怎麼會有錢買那臺新款的Xbox？」

伊凡原本感到宜人又輕飄飄的感覺漸漸消失了。「史考特．斯賓塞？哼！」伊凡說。

「我懂你的意思，」梅根說，然後往後一坐，用手捲著自己的頭髮，「有老師在的時候，他都裝出很乖的樣子，可是他在走廊上時真的很壞。」

「對啊，那就是史考特。」伊凡喃喃說著。

「你知道嗎？」梅根說，再次往前傾身，「史考特曾經跟我說，他媽媽一分鐘能賺十元。你相信嗎？」

伊凡想起斯賓塞的家，還有他們全家每年去度假的方式──滑雪、加勒比海，甚至到歐洲去，所以他毫不懷疑。「當然相信，」他說，「你應該看看他住的地方。」

「聽說他有一個新電視，像白板一樣大。」梅根指著教室前方的大白板。

「可能吧，」伊凡說，「沒想到那樣的小孩會偷東西。」

梅根瞪大眼睛。「史考特真的會偷東西嗎？艾麗莎跟我說他會。艾麗莎說史考特從她的櫃子裡拿走護身手環，然後再假裝他是在操場上發現的，只為了讓她佩服他。可是我不知道那是不是真的。」

伊凡好想跟她說，史考特從他那裡偷走一萬零二百四十元——可是他不能說。「他偷過一次萊恩的午餐錢，還從特惠超市偷了一條巧克力棒。他偷很多東西。」

梅根仔細看著他。「他偷錢或偷巧克力棒，你有親眼看到嗎？」她問。

伊凡搖搖頭。「沒有，可是萊恩說——」

「那就只是謠言而已，」梅根說，「你不能相信自己聽到的所有事。我爸媽一直那樣說。」

「如果你對他的認識和我一樣多，你就會認為那是真的。」

「也許吧，」梅根說，「可是我不會聽信謠言。大家可能也會亂講我的事啊！還有你，也會被別人說的！」

伊凡納悶，真的會這樣嗎？大家會怎麼說他？朋友會背著他講他的事情嗎？他不喜歡去想那種事。

可是梅根說的話讓他想起失蹤的錢。伊凡並沒有親眼看到史考特拿走那筆錢，可是他已經對每個人（保羅、萊恩、亞當和傑克）說是史考特拿走的。而他們全都相信他了，因為……嗯，因為那就是真的啊！伊凡很有把握。

「你必須先認識史考特。」伊凡說，再次搖搖頭。可是，他的腦海裡響起媽媽的聲音：**謠言就像鴿子。牠們到處飛，不管到哪裡都會弄得一團亂。**

5
被告

被告
（accused，名詞）
受到犯下某項罪行的指控，或是因為某項罪行而接受審判的人。

潔西和梅根正走路上學，她們已經遲到了。早上，潔西七點就打電話給梅根，七點半再打一次，然後七點五十五分、八點十分又各打了一次，可是，梅根還是晚出門了（「我會太晚，還不是因為你一直打電話給我。」梅根邊走出家門，邊發牢騷）。**整整晚了十分鐘。**所以她們現在半跑半走，拚命想在鈴聲響起以前抵達學校。

正常來說，潔西並不在意錯過課前的操場時間，可是她今天有要務在身，就在操場上、在上課之前，趁旁邊還沒有大人的時候。

「快啦！快一點！」她對梅根說。梅根的腿比潔西長，可是因為側背包一直撞到膝蓋，拖慢了速度。

「我們為什麼要那麼早到？」梅根問。她大步慢跑著，可是還落後潔西大約三公尺的距離。

「等我們一到，你就知道了。繼續跑、繼續跑！」

「動作最好快點哦！女孩們，」她們抵達人行穿越道時，導護老師說，「我聽到第一聲鈴響了。」潔西和梅根快步越過街道，因為這裡規定不能奔跑。

「喔，不會吧！」她們繞過轉角，瞥見操場的時候，潔西說，「他們已經排好隊了。**快來！**」

等潔西和梅根跑到了，整個四年級都已經排好隊，等著走進學校的訊號響起。她們本來應該走到隊伍的尾巴，可是潔西卻大步直接邁向隊伍中央，史考特．斯賓塞正努力要把保羅的棒球帽從頭上敲下來。伊凡站在更前面的地方，運著班級的籃球。他是這星期的器材管理員，那就表示他要負責把操場上的球、跳繩、飛盤等體育用品帶進校舍內。

「嘿，」史考特注意到潔西，「隊伍的尾巴在後面**那邊！**」

「所以？」潔西邊說邊在背包裡東撈西挖。

「所以，不能插隊，」史考特說，「那不是**規定**嗎？」即使是潔西也看得出來，他在取笑她。

「我不是要插隊。」潔西說著便從背包裡抽出一張紙，舉在面前。「我要正式發一張逮捕令給你。」

史考特前面有幾個男生轉過身來，隊伍尾端有幾個女生也走來了，好看個清楚。

「什麼？」史考特問。

「喏，拿去。」潔西邊說邊把那張紙朝他推得更近。史考特伸手抓住，彷彿要把它撕成碎片。

「這就對了！」潔西吼道，「你碰到了！那就表示你已經收到了。現在，你必須出庭了。」

潔西很有把握，她知道自己在做什麼。她這陣子在讀一本叫做《陪審團的審判：簡述美國法律制度》的小冊子。她媽媽是公關公司顧問，編寫這些公共服務小冊是她的業務之一，這是其中一本。

史考特馬上把那張紙丟在地上，彷彿那張紙著了火似的。「你不可以那樣！」

「喔，我可以的，」潔西說，「如果你碰到了，那就表示已經正式送達你的手上。你現在已經逃不掉了。」

「逃不掉什麼？你到底在說什麼呀？」現在，隊伍裡的每個人都轉過來看了，伊凡也停止運球了，但並未脫離隊伍裡的位置。

潔西從地上撿起那張逮捕令，大聲宣讀出來。上頭的字是她用外婆去年生日送她的鋼筆寫的。

史考特打斷了她的話，她只讀到一半。

史考特．斯賓塞的逮捕令

史考特．斯賓塞，特此告知，你被指控的罪行是，在今年的9月5日，從伊凡．崔斯基短褲的口袋裡，偷走了10240元。

本星期五，你必須出庭陳述案情。在那裡，由你同學組成的陪審團將決定你是否有罪。如果你被判有罪，你會受到的處罰是……

「你是在開我玩笑吧，」他又起手臂，呵呵笑道，「你是在開玩笑，對吧？」

潔西搖搖頭。四年級的隊伍裡，沒有任何人開口說話，大家都在看潔西和史考特。她繼續讀下去：「如果你被判有罪——」

「你的意思是，」史考特瞇起眼睛、拉長了臉說，「我偷了錢？」

潔西深吸一口氣。她知道，指控別人是大事一樁。

「對，沒錯。」她說。四年級生的喃喃低語此起彼落。

「那**你**呢？」史考特問，轉向伊凡，往前走了幾步。他伸手想戳

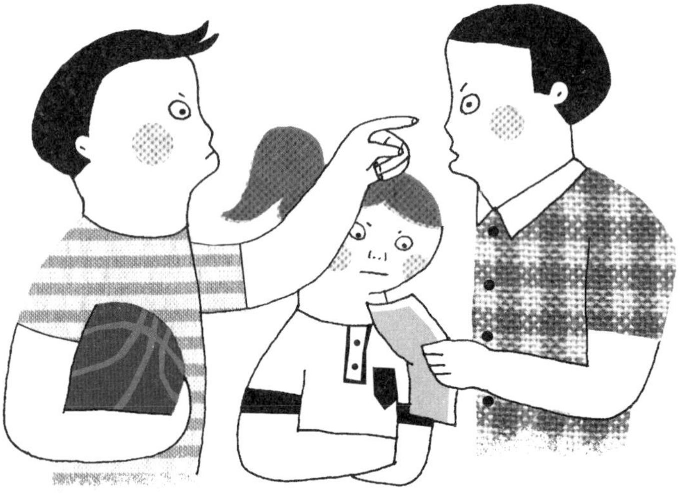

戳伊凡的胸膛，可是伊凡在他的手指還沒碰到以前就一把揮開。

「你的意思是，我偷了你的錢？」

潔西望著伊凡。他運了兩次籃球，然後把球捧在手中並瞪著它看。突然間，潔西意識到，她在採取行動以前，應該先找伊凡談談的。他才是這項罪行的受害者；他才是每天下課時間還必須跟史考特一起玩的人；他才是必須在法庭上提出對史考特不利證詞的人。

可是現在已經太遲了。每個人都在看他們，都等著要看接下來會怎麼發展。

伊凡再次運球，一次、兩次、三次。潔西知道他正在思考，伊凡是用全身來思考的，而不只是腦袋。

「那也是我的意思，」他靜靜的說，「我的意思是，你偷走了我的錢。」整排的四年級生隊伍圍著伊凡、潔西和史考特，扭成了大C形，兩端都在觀察隊伍中央的狀況。

既然伊凡開口控訴史考特偷竊了，於是大家都湊過去聽史考特接下來要說的話，使得整個隊伍開始解體。

不過，搶先開口的是潔西。「如果你被判有罪，你的處罰是，你必須把新的 Xbox 交給伊凡．崔斯基。」

「才不要！」史考特說，可是四年級生發出的噪音幾乎把他的聲音淹沒了，大家對於這種處罰是否公平各有看法。

「嘿，」萊恩說，「如果他被判無罪，會怎樣呢？」

潔西搖搖頭。「不會的。」

「就是會，你這個蠢蛋！」史考特說，「我被判無罪的時候，就要這樣處理：你們兩個——」他指著潔西和伊凡，「要在晨會的時候站起來對每個人說，包括歐佛頓老師，你們造我的謠，而且要說我沒有拿任何人的任何東西，然後你們要向我道歉。就在**每個人**的面前。」

「四年O班！」歐佛頓老師站在門口，滿臉疑惑，「這是什麼隊伍啊？」

孩子們手忙腳亂的回到原位，站在前頭的人開始大步走進教室。但是伊凡、潔西和史考特依然面對著面。

「說定了？」史考特問。

「一言為定。」伊凡說，然後轉身背對他們往室內走去。

「我甚至會把這些協議寫成白紙黑字。」潔西邊說邊在史考特面前揮揮逮捕令。然後拿起背包，面帶笑容，快步走到隊伍的尾巴。

不久，正義即將獲得伸張。

史考特．斯賓塞審判之後的補償協議

如果史考特．斯賓塞在法庭上被判有罪，確實在今年的9月5日從伊凡．崔斯基的短褲口袋裡偷走10240元，他就要把最新Xbox永遠交給伊凡．崔斯基。

如果史考特．斯賓塞在法庭上被判無罪，並沒有在今年的9月5日從伊凡．崔斯基的短褲口袋裡偷走10240元，伊凡和潔西．崔斯基就會在星期一的晨會站起來對全班說，史考特．斯賓塞並沒有從伊凡．崔斯基的短褲口袋裡偷走10240元，他們會當面向他道歉並承認自己造了謠。

伊凡．崔斯基

潔西．崔斯基

史考特．斯賓塞

6 公正

公正

（impartial，形容詞）

用同樣的方式對待每個人；起爭執的時候，不會選邊站；公平與正義。

下課期間，潔西分分秒秒都不浪費。伊凡看她從一只大信封裡抽出一張又一張的紙卡。四年級生全部擠在她的周圍。

「你是原告。」她對伊凡說，然後把一張綠色小卡遞給他，上頭寫著「**原告**」。「這就表示你是罪行的受害者。」伊凡細讀那張卡片之後，塞進褲子後口袋。他覺得由小孩組成法庭的點子很誇張，是潔西風格的誇張點子，可是他已經很習慣了，而且這個點子可能會幫他弄到最新款的Xbox，更不用說在大家面前證明史考特「有罪」所帶來的滿足感。為了這點，他願意放手嘗試一下。

「我是伊凡的律師。」潔西說，並給自己一張寫著「**原告律師**」的紫色小卡。

接著她轉向史考特。「你是**被告**，那就表示你是接受審判的那個人。」她把一張黃色小卡遞給他，上面寫著「**被告**」。

然後她開始發出五張橘色小卡。

「嘿！」史考特吼道，「我沒有律師嗎？」

「等等啦！你馬上就會有個律師了。」潔西厲聲說，並繼續發送小卡。

「我想找萊恩。」史考特說。

「抱歉，」萊恩邊說邊舉起橘色小卡，「我是證人。」

「那我要找保羅。」

「他也是證人。」潔西說，把最後一張橘色小卡遞給保羅。「犯罪事件當天，在傑克家的每個人都是證人。」

「那誰要當**我的**律師？」史考特問，並捏皺了他的**被告**小卡。

潔西不理會他的疑問。她高舉一張紫色小卡，說：「梅根，你在陪審團裡面。」她說。伊凡的心一跳，那一票是他可以仰賴的。

「審判什麼時候舉行？」梅根說。

「星期五，」潔西說，「放學以後。」

梅根搖搖頭。「我想我們家會出門度週末。」

「你不能錯過這場審判啦！」潔西

說。伊凡也想要大聲喊出同樣的話，不過他把嘴巴閉得緊緊的。

「我會跟我媽說說看，」梅根說，「也許我們可以晚點出發。可是你最好先把這張小卡給別人。」她把紫色小卡還給潔西。

「喔，好吧，」潔西語氣失望地說，「那你拿這種卡片好了。」她把一張寫著「**旁聽席**」的白色小卡遞給梅根。

潔西才多花了一分鐘，就把十二張「**陪審團**」小卡和剩下的「**旁聽席**」小卡發完了。所有的旁聽席成員都是女生，因為所有的證人都是男生，而潔西向大家解釋說，陪審團必須一半女生、一半男生。

伊凡環顧四周。真怪，所有的小孩都隨著潔西的點子起舞。他們不知道這一切都是假裝的嗎？潔西怎麼會知道這些法律的東西？她怎麼永遠都知道他不曉得的事情？

潔西把拿到白色旁聽席小卡的六個女生找來，然後轉向史考特，說：「你可以從旁聽觀眾裡面挑出某個人來當你的律師。從技術上來說，我們連觀眾都不需要。」「我沒有要冒犯你們的意思。」潔西轉向女生們說。

「我不想要女律師。」史考特說。

「隨便你，」潔西聳聳肩說，「可是，到時候別抱怨你沒有律師。」

「一堆女生！」史考特說，「這樣怎麼挑啊！我要當自己的律師，我會替自己辯護。」然後他轉向潔西，說：「而且我會打敗你！」伊凡想，這就是史考特一貫的行事風格，總是認為自己最優秀，總是擁有最好的東西，總是有最棒的度假行程，他擁有了一切。

「好，」潔西說，「你就替自己辯護吧！」她的信封裡只剩一張小卡了。伊凡看她把小卡緩緩抽了出來，那張卡片是紅色的，上頭有字。

潔西環顧四周，彷彿準備做出重要的決定，可是伊凡知道她老早就決定誰拿那張紅色小卡了。潔西從來不會把事情拖到最後一刻。

「法官就由……大衛．科克里安擔任。」

現場陷入一片死寂。

接著保羅大喊：「你在開玩笑嗎？」

「他不能當法官啦！」萊恩說，「他會蒐集死人骨頭耶！」

「我才沒有！」大衛滿臉通紅地說，但依然走向潔西，從她手中接走小卡。

大家開始爭相發言，而大衛則高舉那張紅卡喊道：「哈哈！我是法官！我是法官！」他們鬧哄哄的，以至於值勤老師都走過來看四年O班是怎麼回事。於是大家都安靜了下來，沒有人想讓值勤老師插手。因為操場上有個不成文的規定：

永遠別跟值勤老師講實話。

「為什麼選他？」保羅在值勤老師走開後問。

「因為全班只有他是**公正的**，」潔西說，「他不是伊凡或史考特的朋友。他會很公平，不會偏心，那就是當法官最重要的特質，法官必須對每個人都一視同仁。」

大衛一手舉起紅卡、另一手貼著心窩。「我鄭重發誓，我會當個公平的法官。」他說。

「很好。」潔西說。

可是伊凡不敢相信這種事。誰會聽大衛．科克里安那種小鬼的話啊？

對伊凡來說，那天就是從那時開始每況愈下。

整個下午，他們都在做伊凡討厭的活動：數學知識演練、拼字規則、作家工作坊。接著，歐佛頓老師發現四年O班放運動器材的牛奶箱裡少了一條跳繩，那是伊凡的錯，因為他是器材管理員。

可是真正讓那天跌到谷底的事情是發生在放學之後，讓原本不大愉快的一天，變成他這輩子前十大最慘的日子之一。

伊凡正要繫上腳踏車安全帽的時候，亞當走到停車架那裡拉出腳踏車。

「你要來我家玩嗎？」伊凡問。

「我不行，」亞當說，「我答應要幫我媽大掃除，準備迎接贖罪日。」

「是今天嗎？」伊凡問，喀啦！扣上下巴的安全帽釦子。

「星期五晚上開始，可是我媽要我今天就把房間整理乾淨，還要做別的事。」

伊凡知道，贖罪日是大人整天禁食的日子，是為了要幫他們反省自己的罪孽。可是伊凡對這種做法覺得很納悶，他餓肚子的時候，除了等會兒要吃什麼之外，根本什麼都沒辦法想。

「你想來參加我家結束禁食的派對嗎？」亞當說。高德堡家總是在禁食結束的日落時分，享用一頓豐盛的大餐。

「好啊！」伊凡說。他到亞當和保羅家吃過不少次星期五晚餐。他喜歡那些蠟燭和他聽不懂的禱告詞，但他最愛的是那些食物：猶太辮子麵包、烤雞、蘋果醬蛋糕。

「你今年也要整天都不吃東西嗎？」伊凡問。去年，亞當吹噓說他明年要在贖罪日禁食整天。

亞當聳聳肩。「我可能會試試看。」接著他低頭看著腳踏車，在硬梆梆的柏油地面上彈了幾次前輪。「喂！有件事我一直想跟你說。你記得夏天的時候，保羅、凱文和我把你丟在樹林裡的那次嗎？」

「嗯。」伊凡說，他納悶亞當為什麼要把幾個月以前的事拿出來講。伊凡那時候氣得火冒三丈，可是事情都過去那麼久了。

「嗯，我真的很抱歉。我希望你會原諒我。」伊凡一臉困惑。亞當聳了聳肩，說：「老兄，是贖罪日的關係。就是贖罪的日子啊！你必須到處去請大家原諒你的罪過。」

伊凡笑了出來。「你真是大白癡！」他推了推亞當。亞當咧嘴一笑，作勢要出拳，然後跨上腳踏車騎走了。

跨坐在腳踏車上的伊凡，正準備推著車子離開時，看到萊恩和保羅一起走往小徑。他騎過柏油地，就在他們走到籬笆那裡時，從他們面前騎了過去。伊凡還來不及開口說什麼，保羅就用手臂猛力一攬，差點把他從腳踏車上撞下來。

「嘿，伊凡，我欠你一個道歉。謝謝你幫忙背黑鍋，你知道的，就是查理掙脫牽繩那一次。」

「嗯，別客氣！小事一樁。」伊凡聳聳肩說。伊凡和保羅總是幫對方這種忙：互擔對方的過錯，這樣就不會從自己爸媽那裡惹太多麻煩。因為爸媽對別人家的孩子總是比對自己家的孩子寬容一些。

「你們想來我家玩嗎？」伊凡對保羅和萊恩說，並暫停踩踏板，努力保持平衡。

保羅搖搖頭。「不了，我們要去史考特家。」

伊凡雙腳使勁往地上一踩，瞪著他們兩人。

「他說我們應該試試看

最新的Xbox，」萊恩說，「應該很棒，你也一起來吧！」

伊凡覺得自己好像受到突襲。「才不要！」他吼道。他先瞪瞪保羅，然後是萊恩，臉上的表情好像在說：**叛徒！**可是他們兩人都沒回話。最後，伊凡靜靜地說：「真不敢相信你們要去他家。」

保羅聳聳肩。「他又沒對我們怎樣。」

「你們還真是夠朋友。」伊凡說。

「拜託，伊凡，」保羅說，「你根本不確定他是不是偷了錢……」

「我就是知道！」伊凡說。

「你應該來的，」萊恩說，「大家放學過後都要去那邊。」

伊凡的腦海裡浮現一個情景：全部的四年級，他所有的朋友大步走向史考特家。而他會在哪裡呢？在家裡和妹妹在一起。「有誰？」他問，「每個人指的是哪些人？」

「所有的男生，」保羅說，「你知道的啊，就我、萊恩、傑克和凱文。所有的男生。」

「亞當沒有吧？」伊凡說，暗想他至少有個忠誠的朋友。

「嗯，他要先幫他媽媽做點事情，」萊恩說，「之後就會過來，大約一個小時以內吧！」

伊凡不可置信地搖搖頭。他的摯友竟然暗箭傷人。他猛力地把腳踏車龍頭從保羅和萊恩那裡轉開，沒多說一個字就騎車離去。

7 適度的勤奮

適度的勤奮

（due diligence，名詞）

投注時間與努力在某件事情上，並有不錯的表現；疏忽的相反。

「我們現在可以休息一下嗎？」梅根跪坐起來問。她拿藍色麥克筆的方式彷彿那是一根點燃的蠟燭，手指上沾滿了各種顏色的墨水。

潔西趴著，整盒彩色鉛筆散布在眼前。她們現在絕對不能休息！明天就要進行審判了，還有好多事情要做。

她已經事先詢問過五個即將作證的證人——保羅、萊恩、凱文、馬里克和傑克，要查出他們在傑克家裡時，對犯罪當天還記得多少。她替大衛．科克里安寫了一些紙卡，告訴他在審判時該說哪些話。

在審判時每個人應該站哪裡或坐哪裡的地圖，她現在已經快要著色完畢。而她還有最終結辯還沒寫呢！

審判開始的時候：

你要敲敲槌子，說：「全體起立！現在開庭。

由法官大衛·科克里安主審。」

如果不該發言的人開口講話：

你要說：「維持法庭的秩序！維持法庭的秩序！

如果你不安靜下來，我就判你藐視法庭！」

證人宣誓的時候：

你要說：「你是否願意發誓說實話，全部都是實話，

而且只說實話？」

潔西覺得，這情況好像是這輩子頭一次要去考一場準備不周全的考試。

「等一下再休息，」她說，「你名牌快弄好了吧？」

梅根拿出陪審團的十二張名牌給潔西看。

「不錯喔，」潔西說，「現在你只要再做旁聽席的那幾張就可以了。」

梅根呻吟地說：「怪不得伊凡會叫你『執迷潔西』。」

潔西很討厭這個綽號，她討厭所有的綽號！伊凡幹麼跟梅根講那個啊？

「我才不執迷呢！我只是認真做事而已。那叫做**適度的**——」她想了片刻，可是講不出來「什麼」。她在滿地

陪審團名牌

證人名牌

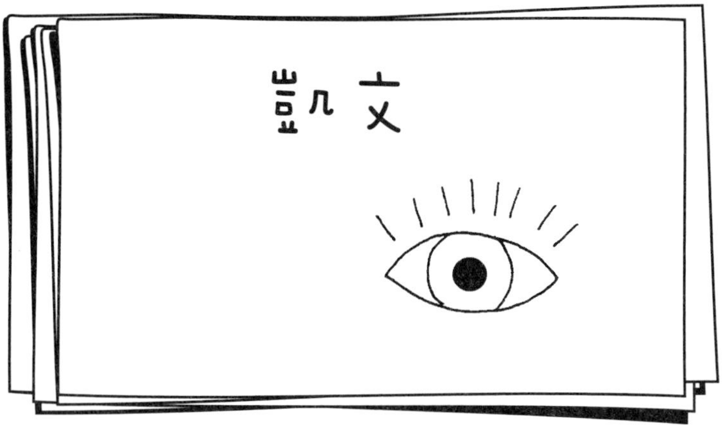

法官的名牌

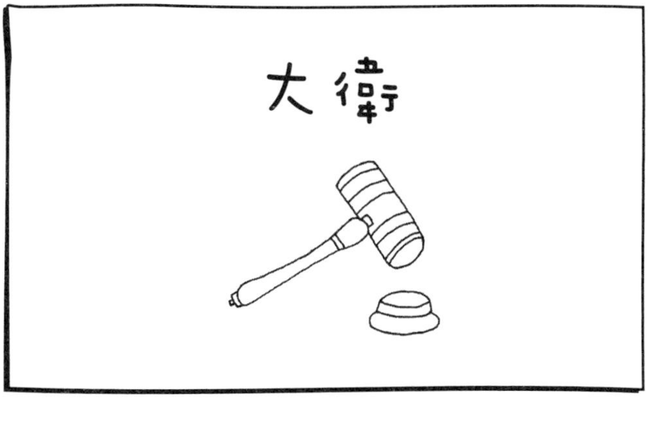

的紙張下面尋尋覓覓，找到了媽媽寫的那本小冊子《陪審團的審判》，然後開始一頁頁翻開。

「可是我們已經做好幾個小時了！」梅根哀鳴，「我想要到外面去。」

「『適度的勤奮』！」潔西說，「就是這麼說的。如果能這樣做好工作，之後就沒有人能怪你，說你當初不夠努力。」

「哼！『適度的勤奮』**無聊死了！**」梅根說。她拿起潔西在地圖上畫直線的尺，直立放在手心上保持平衡，還滿厲害的，潔西相當佩服。

梅根突然問道：「你想，你真的能夠證明史考特偷了伊凡的錢嗎？」

潔西覺得喉嚨抽緊一下。

那是她最害怕的問題，那是昨天晚上，她躺在床上努力想入睡時，頻頻竄過她腦海的問題。

「我不知道，最好可以。」潔西想像自己站在全班面前，向史考特道歉的情景，覺得自己就快吐了。

梅根把尺放下，用力仰躺在地，像海星一樣攤開手臂和雙腿。她拿起潔西畫的地圖，上面顯示了每個人在法庭的相關位置。

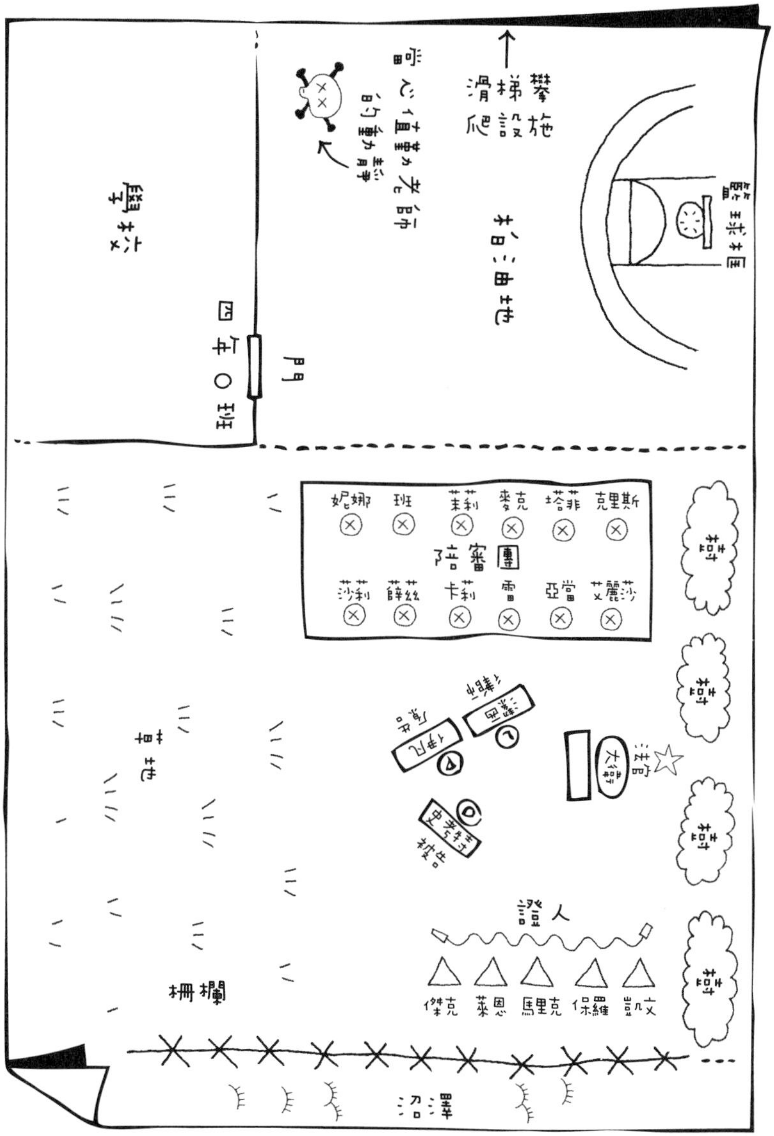
陪審團
妮娜
班
麥克
克里斯
雷
亞當
證人
傑克
萊恩
保羅
凱文
柵欄
草地
籃球框
門
學校
沼澤
樹

這個法庭根本不是個「房間」，而是學校操場上有草地的區域——是距離校舍和柏油地最遠的地帶，有一排高大的榆樹可遮蔭。潔西精確地畫出了他們要放牛奶箱、跳繩、球的地方，還有誰該坐在哪裡。每個人的名字都用符號標示了出來。

梅根盯著地圖看。「我好像可以想像整件事進行的樣子，」她說，「只有一個問題，」她把圖轉了一個方向，再轉另一方向。「這樣不對稱。看出來了嗎？」

潔西盯著地圖看，不知道梅根在說些什麼？

「應該要對稱，對吧？每個東西都

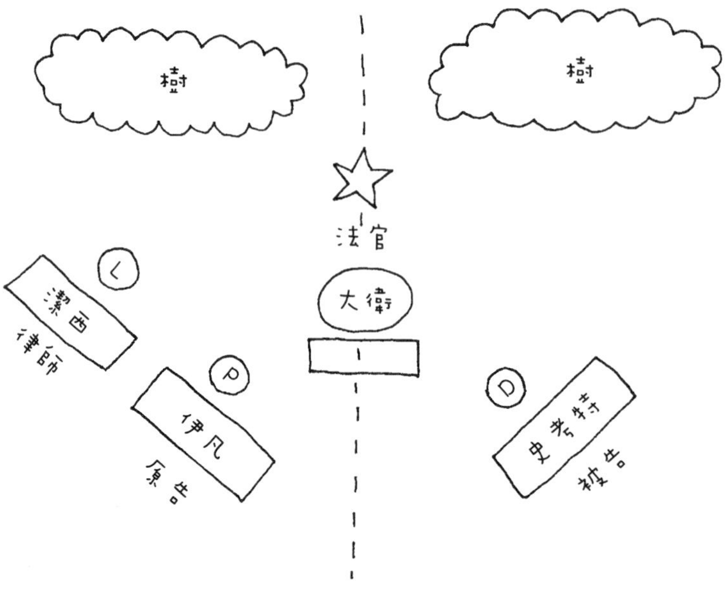

應該要均等。可是你看！」梅根抽出鉛筆，將潔西的圖案從上往下輕輕畫了一道虛線。

「史考特沒有律師，」她說，「兩邊不對等，所以你知道的，其實這樣不算**公平**。我的意思是，對史考特來說。」

「嗯，那是他的錯。」潔西花了很大的功夫製作地圖，聽不進任何批評。

「不過，」梅根說，「法律不是規定，如果遭到逮捕，每個人都有權利找律師？即使你很窮，即使沒人喜歡你，即使每個人都認為你有罪，你還是能夠有律師。電視上都是這樣演的。」

潔西聳聳肩。「他想要替自己辯護。在真正的法庭裡，是可以這樣做的。」

梅根搖搖頭，說：「他會那樣說，只是因為他沒有人可以挑。我的意思是，沒有男生。」她再次看看地圖。「看起來就是不對勁。」

「你是什麼意思？」潔西真希望大家都能把意思說清楚。「你的意思是我做錯了嗎？」

梅根叉起手臂。「我的意思只是，如果伊凡有律師，史考特沒有，那就不公平。你也知道的，潔西，你明明比其他人都懂。你是——公平女王。」

又一個綽號！那是侮辱嗎？梅根說「公平女王」的樣子不像是侮辱，可是潔西不確定。有時候，有人用某種方式說一件事，但實際上的意思卻完全相反，那就叫做**諷刺**，可是潔西總是辨識不出來，就像對方投球投得太遠，讓她揮棒落空，只打到了空氣。

潔西可以聽到屋外的車道上傳來籃球頻率穩定的咚咚球聲。是伊凡，他在投籃。她為了**他**有多賣力，他曉得嗎？

接著，打球的聲音停止了。她聽到車子停進車道，梅根也聽到了。「是我媽，」她說，「我必須走了。」梅根四點要看牙醫。

頭一次，潔西很高興看到梅根離開。

8
辯護

辯護
（defense，名詞）
為了證明被告的清白，在法庭上提出來的論證；就像在球賽中，守護球門，抵擋敵隊的進攻。

天氣沒有熱到會流汗的地步，可是伊凡卻汗流浹背。他的臉龐兩側淌下兩道汗水，每次只要一轉頭，就會感覺汗珠從髮梢飛了出去。

即使飽受折磨，他也要把這一球投好。

整個下午，他都在練習投球。事實上，他已經練習了一整個月，就是為了從罰球位置轉身跳投，那裡距離籃框足足有四點五公尺，而且他要用左手射球。厲害的球員都是這樣做的——即使用他們比較弱的那隻手投球，還是能夠射中。伊凡的爸爸以前總是對他說：「把你弱的部分練好，就沒人防守得了你。」

伊凡轉身背對籃框，雙腳站定在車道的線上，運球一次、兩次、三次，然後——就像火箭從發射臺噴射而出一樣，躍入空中，旋轉全身。就在身體即將落回地面的時候，他投出了球，球飛往籃球架，卻離籃框愈偏愈遠——

沒投中。

有時候他投得中，有時候不行，命中率大概是每十次中一次。伊凡想把成績顛倒過來，就是每投十次，只有一次**沒中**。這是致勝絕招，如果他這一招駕輕就熟了，就可以打敗球場上的任何人。

他再次運球一次、兩次、三次……

「嘿，伊凡。」

伊凡直起身子望向街道，梅根正騎著腳踏車朝他而來。她停下來、跳下腳踏車之後牽著走過來。伊凡搖搖頭，把一些汗水從眼睛甩開，然後低下頭用衣服的袖子抹抹臉。女生不喜歡汗水。

「我以為你要去看牙醫。」他說，她把腳踏車推上車道。

「一下就弄完了，只是檢查而已，」她說，「潔西還在家嗎？」梅根朝著屋子的方向點點頭。

「對啊，還在替『大日子』做準備。」伊凡很怕那場審判。明天放學後在操場上，四年級生都會到場，萬一潔西沒辦法證明史考特·斯賓塞有罪呢？她又不是真正的律師。伊凡的朋友真的靠得住嗎？這星期的每一天，保羅和萊恩放學之後好像都到史考特家去玩。也許等審判的時間一到，所有的男生都會站在史考特那一邊。伊凡想像站在全班前面向史考特道歉的情景，他運運籃球，想要把那個想法敲出腦袋。

「哇！」梅根說，「她變得有點……」

「執迷。」伊凡說。話說回來，他想到**自己**整個下午都在做的事。那種投法他練習幾次了？一百次？兩百次？而且他還打算繼續下去，直到天色暗到看不見籃框為止。所以也許執迷是他們家的共同特點。

梅根彷彿讀懂了他的想法，便問：「你一直都在這裡嗎？」

「我一直在練習某種投法。你想看看嗎？」

梅根聳聳肩，露出笑容，伊凡判定她是「好」的意思。他雙腳站穩，開始醞釀運球的節奏。然後一邊在柏油地面上運球，一邊在腦中說：**拜託讓它投中，拜託讓它投中，拜託讓它投中。**

可是並沒有如願，球從籃板上**鏗噹**彈回來，朝著街道跳飛過去。伊凡必須拔腿快追，免得它滾到馬路上。

「才差一點點，」梅根說，「你真的滿厲害的。」

伊凡把球運回場中央時，一面搖著頭，說：「打籃球的時候，差一點點是不算數的，投中才算數，沒中就是沒中。」

「嗯，但總比我厲害啊！」她說，「我是我們球隊裡最會投籃的耶！」

伊凡挑起眉毛，問：「你會打籃球？」

「我還會踢足球呢！」她說，「不過籃球打得比較好。」

「真的嗎？你會投三分球嗎？」

梅根笑了。「有時候可以。」

「那麼，我們來瞧瞧吧！」伊凡說。他把球丟給她，她把球運過車道，雙腳恰好站在三分球線外。

伊凡看著梅根操控著球，望著她的馬尾來回彈跳，手環沿著手臂上下舞動。

「好了，要投了喔！」她說，「不要期望太高就是了。」她把球舉到頭上，讓它飛越空中，就像水從花園的灑水管噴出來一樣，空心進籃。

「超棒的！」伊凡說。他撈起還在彈跳的球，輕鬆帶球上籃。「你想再多投幾次嗎？我們可以打投籃淘汰賽，或者一對一，如果……」伊凡想到防守對象是女生，腸胃就翻攪了起來。要怎麼防守，才不會碰觸到對方呢？

「我不行，」梅根說，朝著馬路望去，「我要去某個人的家。」

「誰家？」伊凡問，並在雙腿之間來回運球。他對投籃雖然頗為拿手，但真正厲害的是控球。等他加入職業球隊，他可能會當控球後衛。當然，控球後衛不會享有那麼多的榮耀讚美，可是他們掌控了整個球場。

梅根往街道走去並向伊凡揮揮手，可是她繫上安全帽的時候，並沒有說出要去誰家。

伊凡停下運球的動作，問：「誰家？」

梅根踢踢腳踏車的踏板，讓它往回倒轉，齒輪呼呼地旋動，發出有如夏夜昆蟲的聲響。「史考特家。他說我可以試玩他新款的 Xbox。」

她說的話讓伊凡感覺就像有人用手肘撞他的臉。伊凡用雙手擠壓著籃球，說：「你們現在變成**好朋友**了？」

梅根給他一個平淡的表情。「不用是好朋友，也可以去對方的家啊！」

「對啦，嗯，看起來大家突然都變成史考特的好朋友了。」彷彿大家開口閉口講的都是新款的Xbox，史考特總是眾所矚目的焦點。而現在呢，現在連梅根也要過去了。伊凡撈起籃球往車庫門狠狠一丟，擊中門時發出了吵雜憤怒的搖晃聲響，然後他又再丟一次。「你們現在都只在乎那個蠢Xbox。」頓時，伊凡意識到史考特並不需要律師，他已經擁有市內最棒的防禦：新款的Xbox。沒人會說史考特有罪，因為那就表示會玩不到發明史上最酷的電玩系統。

「喔，拜託，」梅根說，「我敢打賭你也超想試玩的。」

伊凡沒有回應，他只是繼續拿球砸車庫的門。

梅根把腳踏車推離，然後喊道：「學校見囉！」

當她越過街道的一半時，伊凡才朝著她的背影吼道：「**法庭**上見！」

9 真實

真實

（bona fide，形容詞）

源自拉丁文，意思是「真心誠意」，名符其實，意味著「千真萬確」。

潔西倒吊在滑梯攀爬設施上，腳勾著單槓。她推定這將會是最精采的星期五。為了這場審判，大家放學過後會在操場上聚集，連梅根也會來，她說服媽媽晚點再出遊。而且他們已經獲得歐佛頓老師的批准，可以在放學過後使用操場的器材。潔西準備好地圖、筆記小卡。她把最終結辯至少練習了二十遍，伊凡甚至聽了她的練習，還提供她一些讓演說更棒的祕訣。今天會很棒的，她想。

就在那一刻，史考特．斯賓塞走了過來，把臉往潔西的臉湊過來。

「我**媽**要當我的律師唷！」他說。

「什麼？」潔西說。她抓住單槓，翻轉落地。大家都知道史考特的媽媽是一位有名的律師，在市中心工作。她的辦公室有多麼豪華，潔西已經聽過一百萬次了，史考特說，從她的辦公室窗戶望出去，整個城市都可以盡收眼底。有時候，她的名字還會出現在報紙上。

「沒錯！就是我媽。她要把你擊垮，她會把你活埋！」

潔西斜眼看著史考特。「她要向公司請假一天嗎？」

「沒有，」史考特說，輕蔑地看著潔西，「可是她說她會提早下班。我跟她說這很重要，她說她會過來這邊。」

「但——她——不可以，」潔西支支吾吾地說，「這只能給小孩參加，大人不行。」

「你的意思是，我不能有律師？」

「我又不是那個意思。」潔西說。可是她困住了，她很清楚人人都有權利尋求法律協助，《陪審團的審判》的第二頁有寫，法律就是這樣規定的。「好啦，」她緊緊抿著嘴脣說，「她最好別遲到。」

那天下午，潔西一邊在操場上跑來跑去，瘋狂地忙著要把法庭布置好，以便能夠讓審判準時開場，一邊想起與史考特的那場對話。

感謝老天，歐佛頓老師沒有多問什麼，就讓他們使用操場上的器材。歐佛頓老師一開始就講清楚了，他們玩完之後，伊凡要負責把東西全都歸位。即使週五下午已經放學，但從技術面來講，直到星期一早上以前，他都還是器材管理員。

兩點四十五分的時候，潔西已把所有的器材都拿到外頭。她在榆樹底下放好牛奶箱，把它直立起來布置成講臺，並在上面放了大衛．科克里安**到底**該說什麼的紙卡，然後把大衛叫來。他一手握著真正的木槌，另一手拿著牛皮紙袋。

「看看我從我爸那裡借到了什麼，」大衛邊說邊揮著木槌，「是搞笑玩具。他說我們可以拿來用。」

「裡面有什麼？」潔西指著袋子問。

大衛把手伸進袋子，拉出捲成一團的黑布，他把它套上，黑布在他的腳邊堆擠成團。「是我哥的畢業黑袍，」他說，「我知道它看起來很大，可是等著瞧。」他站到講臺後面，牛奶箱遮住了拖在地上的多餘布料。潔西不得不承認，袍子讓他看起來就像真正的法官。大衛．科克里安在自己帶來的木頭上敲木槌時，潔西就覺得他真的能扮演好自己的角色。

潔西在牛奶箱前方放了兩顆籃球，一顆給伊凡坐，另一顆給史考特坐。潔西

的「椅子」是躲避球，她把它放在伊凡的球旁邊。她應該放另一顆躲避球給史考特的媽媽坐嗎？她無法想像大人會像小孩那樣坐在一顆球上，所以她把第二顆躲避球留在箱子裡。然後她拉出了跳繩，在草地上圍成可供陪審團坐的席位；在另一邊把跳繩擺成一條曲線，標出證人等待作證時可以站立的地方。旁聽席裡只有六個人，所以潔西想他們可以坐在她小心放在草地上的三個飛盤後面。

「看起來很棒耶！」梅根邊說邊往潔西走去。

潔西環顧四周，她終於可以**看出**法庭的樣子了，而不只是在她腦海裡的圖像，也不只是畫在紙上的地圖而已，而是一個真實的法庭，千真萬確。

她點了點頭，有點忐忑不安，好像有隻蝴蝶在胃裡搔癢。「到目前為止還不錯。」

10 陪審團審判

陪審團審判

（trial by jury，名詞）

一種法律程序，某項罪行的被告是否有罪，是由一群同等地位的人來決定，而不是一位法官或法官團。

伊凡東張西望，覺得自己好像掉進了一個平行宇宙。

首先，他坐在籃球上面，感覺滿怪的。

其次，他妹妹表現得好像是這個自由世界的領袖。潔西在家裡有時候會頤指氣使，可是，伊凡已經很習慣看到她在學校時置身事外的模樣，不管操場上有什麼狀況，她都待在操場邊；在學校餐廳裡靜靜地吃飯；全校集會時，把雙手乖乖擱在腿上坐著。

突然間她卻成了領袖。好怪！

伊凡盯著坐在陪審團席的十二個小孩，那也很怪。他一個一個地看著**每個人**，都是認識了大半輩子的臉龐，沒什麼新鮮的。可是當他把他們當成全體一起看，站在潔西用跳繩圍成席位的他們，看起來就是不一樣，連他在世界上最好的朋友亞當，也幾乎有點陌生了。他們是陪審團——會把新款的 Xbox 判給他，或是要他站在全班面前，當著大家的面道歉。頓時，他們不再像是他認識了好久好久的小孩，他們變大了。

伊凡掃視著法庭，望向站在跳繩線後面的全部證人、耐著性子等待審判開始的旁聽觀眾，以及站在牛奶箱講臺的大衛．科克里安。

最怪的事情莫過於此：四年級每個人都在放學後現身，並別上了名牌（嗯，雖然馬里克把名牌貼在屁股上，但還是乖乖站在證人席裡，準備出庭作證）。每個人都等著按照潔西的指示行動。彷彿突然間，學校出現了一整套新規則，而每個人——每個人竟然都同意遵守。

連史考特．斯賓塞都坐在籃球上，膝蓋張得開開的，用手在球上敲著節奏，**恰克啊塔啾、恰克啊塔啾、恰克啊塔啾！**臉上掛著那種神情就是史考特．斯賓塞的專屬表情。他的眼神似乎在說：一**切都很好**、一**切都沒問題**、一**切都屬於我**。

史考特．斯賓塞就是這樣，不知為何，他總是能找到方法扭轉乾坤，最後讓一切都對自己有利。伊凡記得他們一年級的那次，在史考特地下室的遊戲間玩耍。史考特的媽媽上班去了，他爸爸在家工作，就像伊凡的媽媽那樣，可是他的辦公室遠在房子的另一端，而且還有隔音設備呢！伊凡記得他們以前會玩一種遊戲，看看誰能弄出夠大的噪音，把斯賓塞先生引出辦公室。他們幾乎必須點燃炸彈才能把他吸引出來！

那一天，他們在玩賭錢遊戲，每玩一局就賭十元。起初，史考特頻頻賭贏，伊凡輸了大約七十元。後來伊凡急起直追，最後領先超前，史考特欠他整整二百五十元，那時候，感覺起來就像是一大筆錢。「嘿，我們來吃零食吧！」史考特說。他們本來可以自己去廚房找東西吃的，可是史考特卻去他爸爸的辦公室，請他拿點東西來遊戲間給他們。史考特的爸爸當然就看到了他們在賭錢，於是不准他們再玩下去，並且要伊凡把贏的錢全數退還。「在這個家裡不准賭博。」他說。

不過，伊凡當時心裡暗想：**在這個家裡不准發生的事情，是「輸」吧！**

伊凡看著史考特。伊凡不是個好戰的人，這輩子只動手打過兩次架，其中一次還是跟他最好的朋友亞當！兩場架都來得又急又猛，而且一眨眼就結束了，不會傷到彼此的感情。互相道歉之後，大家都同

意不再打架。

為什麼遇到史考特就做不到？他到底有什麼能耐，竟然會把伊凡氣到暴跳如雷？結果一件事情就轉變成另一件事——原本是因為錢不見了而發生紛爭，結果變成有陪審團的完整審判。

就在伊凡張嘴準備跟史考特說話時，大衛．科克里安舉起木槌用力敲木塊，然後讀出第一張紙卡：「全體起立！現在開庭。由法官大衛．科克里安主審。」

11 偽證

偽證

（perjury，名詞）

在法庭上發誓會說實話，而且只說實話之後，卻刻意撒謊。

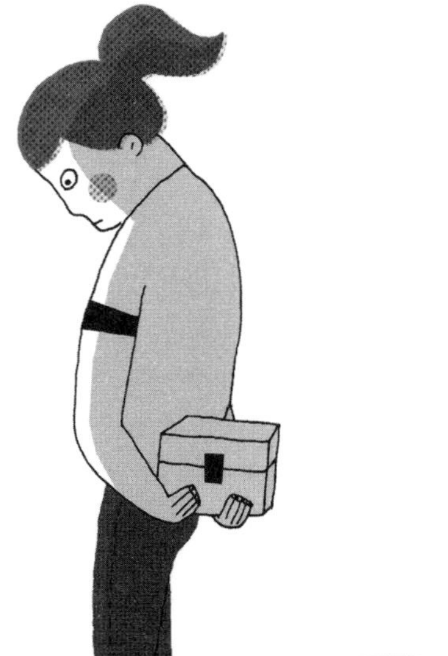

「起訴方的律師請上前來。」科克里安法官說。辯護律師，也就是史考特的媽媽還沒到，可是他們沒辦法再等下去了，因為陪審團裡大概有一半的人必須在四點以前回家。

潔西站起來對法庭講話，她中氣十足地說：「陪審團的各位先生女士，我現在傳喚傑克‧巴格達沙里恩做為一號證人。」

傑克走到講臺那裡，大衛交代他把右手放在心上，左手舉向空中。

「你是否願意發誓說實話，全部都是實話，而且只說實話？」大衛問。

「我願意。」傑克說，站得和桿子一樣筆直。

「你可以繼續了。」大衛轉向潔西說。

潔西上前走向傑克。「巴格達沙里恩先生，」她說，「九月五日星期天那天，你在哪裡？」

「什麼意思？」傑克問，「是史考特偷了錢的那天嗎？」

「嘿！我又沒偷錢！」史考特吶喊。

「大家都說是你！」馬里克吼道。大家都開始大吼大叫了起來。

大衛只是站在那裡冷眼旁觀，好像在看電視上播放的電影。「管管秩序啊！」

潔西對大衛低聲說。

於是大衛翻看他的那疊紙卡，最後找到了對的那張。接著他用木槌猛敲木塊，說：「維持法庭的秩序！維持法庭的秩序！如果你不安靜下來，我就判你——」他把小卡看得更仔細點，說：「藐視法庭！」大衛揮動著那張小卡，補充說明：「那就表示你會被送回家。等你星期一來上學的時候，我們也不會告訴你後來發生什麼事。」

然後大家就真的安靜下來了。

潔西再次轉向她的證人。「九月五日就是大家到你家游泳的那天，」她說，「你能不能對法庭說，關於那一天，你還記得什麼？」

於是傑克說了事情的經過：他們本來都在操場上打球——伊凡、傑克、保羅、萊恩、凱文和馬里克，可是天氣真的很熱，他們決定到傑克家游泳。所以，傑克先回家問他媽媽可不可以；等他回到操場的時候，史考特也在，於是他們全部一起到傑克家。

「接下來怎麼樣呢？」潔西一邊問一邊在講臺前方來回踱步。她握著鉛筆，腋下夾著作家筆記本，這個模樣讓她覺得比較正式。

「我們一起玩泳池籃球，」傑克說，「我家有那種漂浮籃框，我們就玩來玩去。」

「伊凡游泳是穿自己的泳褲，還是跟你借的？」潔西問。

「我想他是用借的，」傑克說，「對，我確定他是用借的。史考特也是。」

「所以，伊凡和史考特都在你家換上借來的泳褲。是不是？」

「沒錯。」傑克點了點頭。

「他們去游泳的時候，把自己的便服放在哪裡？」潔西問，並指著傑克，這樣陪審團就知道她快講到重點了。

「我想是放在我的房間吧！大家來我家的時候，都會把鞋子、襪子和其他東西放在那裡，因為如果把東西留在樓下，會被小狗咬走。」

「讓我把這點弄清楚，」潔西正對著傑克站著說，「伊凡的短褲，還有他口袋裡不管是什麼東西——就放在**你的**房間裡。史考特的短褲，還有他口袋裡不管是什麼東西——也在你的房間裡。是不是？」

「對！我剛剛說過了。」

潔西轉向陪審團。「我只是想確定，每個人都知道那項事實。伊凡的短褲和史考特的短褲都在同一個房間裡。」她轉回來面向傑克。「再問你一個問題，巴格達沙里恩先生。有人離開游泳池回屋子裡嗎？」

「嗯，當然有啊，」傑克邊笑邊說，「我的意思是，天啊，當時我們灌了大概十加侖的檸檬水，還吃了一堆西瓜耶，總不可能永遠都**憋尿**吧！」

法庭哄堂大笑，可是，大衛把木槌敲得好響，於是大家又乖乖靜了下來。沒有人想在做出判決之前被送回家。

「**史考特**有沒有回屋子裡？」潔西問。

「有啊！」傑克說。

「他是**單獨**進去的嗎？」

「對啊！」

「他**單獨**在屋子裡多久？」

「我不知道。」傑克聳聳肩說。

「久到可以上樓，把伊凡短褲裡裝滿錢的信封偷走嗎？」潔西問。

「當然，」傑克說，「他進去裡面好一陣子。我知道他進了我房間，因為他下來的時候已經穿好衣服了。」

「穿好衣服？」潔西問，「他為什麼要那樣做？」

「他說他必須走了，馬上就走。」

「可是他有沒有說原因？」

「沒有，只是說他必須走了。」

「他離開得很匆忙嗎？」

「你應該看看他那時候的樣子，他是用衝的。我想他離開的時候，連鞋子都還沒穿好。」

「我想，在他離開以前，你不會剛好檢查了他的口袋吧？」

「呃，沒有。」傑克說。

「太可惜了。」伊凡咕噥。潔西轉而望向伊凡，他一副滿不高興的樣子。

「我就問到這裡。」潔西說。

「證人可以退席了。」大衛用嚴肅的法官語調說。當傑克動也不動的時候，他又加了一句：「你可以下來了。」

「下來？」傑克問，一面望著地上。

「你可以回到證人席了。」大衛說，然後對傑克使個眼色，讓傑克閉嘴、聽話照做。

潔西接著傳喚一個又一個的證人，每個男生的說詞都一樣：史考特進屋子上廁所，過了一陣子出來，已經穿好衣服，然後衝出門。這個故事前後聽了五次之後，感覺就像鐵錚錚的事實。

潔西感覺飄飄然，感覺好到臨時決定把伊凡叫上證人臺。她事先沒想好要問他什麼問題，可是無所謂，反正大家都喜歡伊凡；潔西知道，把討人喜歡的證人叫來作證，是個不錯的策略。

可是當她說「下一位證人，我想傳喚伊凡·崔斯基上來作證」的時候，伊凡對她顯露出憤怒的表情。他走向法官講臺的模樣，彷彿正要走往絞刑架。他轉身面對法庭的時候，兩根拇指都勾住褲子後面的口袋，肩膀往前彎垂。**出了什麼問題？**潔西想，他們就快贏了啊！

「崔斯基先生，」潔西開始說，「可以麻煩你告訴法庭，九月五日下午你在哪裡嗎？」

「那個我們早就知道了！」坐在陪審團席第二排的塔菲．摩根喊道，「問他**別的**事情啦！」

「對呀！」旁觀席的泰莎．詹姆斯喊道，「問問他那些錢是哪裡來的？我想知道。」

班．雷瑟同樣喊道：「問他那件事！」李妮娜附和：「對呀，問他那件事！」

潔西覺得臉慢慢發燙，伊凡站在證人臺上，那是她**最不**想問他的問題。如果陪審團發現那筆錢是伊凡從她那裡偷走的——那就完蛋了。陪審團席的小孩有些開始起鬨了：「問他！問他！」

「維持法庭的秩序！」大衛吼道。大家都靜下來的時候，他對潔西說：「那是個好問題。你為什麼不問問他？」

「他是**我的**證人耶，」潔西說，「問題應該由我來設計才對。」潔西懂得規則：她是律師，她不想問的問題，沒人可以逼她拿來問證人。「我想問什麼就問什麼，我不想問那個。」

「怎麼？」史考特說，「你有事情想隱瞞嗎？」

「別煩她。」伊凡說。

「對啊，別煩我。」潔西從大衛望向史考特，再望向伊凡。

「好啊！」史考特說，他叉起手臂、一臉自滿，「那就別問他。我會叫我媽問他那筆錢是哪裡來的。」

「你媽根本都還沒來，」潔西生氣地說，「我打賭她不會出現。」

史考特跳起身來，一副準備對潔西揮拳的樣子。「她會來的，她只是遲到了。因為她是**真正的**律師，有**真正的**工作要做。才不像你咧！假律師！」

「維持法庭的秩序，不然我要把你趕出法庭！」大衛吼道。他甚至走到講臺前面，在頭頂上揮著木槌，一副想拿它來敲某人腦袋的樣子。然後他轉向潔西說：「潔西，你乾脆就問伊凡吧，反正最後還是要回答。」

潔西知道他說的對。

她把事情搞得一團亂。她本來覺得很好、很有自信，對自己很有把握。

「崔斯基先生，」她說，「你的那些錢是從哪裡來的——一萬零二百四十元，就是那天你放在口袋裡的錢？」

這時你可以聽到大頭針掉到地上的聲音——只是地上有草，針掉了也聽不到。可是整個法庭**鴉雀無聲**，連小鳥似乎也都安靜下來，彷彿也等著聽答案。

伊凡喃喃說了什麼，潔西不得不叫他重講一次。

「是從你的鎖盒裡拿的。」伊凡說，他望著她的樣子彷彿想要把她當蟲子一樣狠狠壓扁。

大家一語不發，都瞪著伊凡，而伊凡瞪著潔西。

「你**偷了**錢？」保羅問，眼睛因為訝異而張得好大。

「老兄，**那個部分**你從來沒跟我們說過。」亞當邊說邊搖搖頭。

「哇！你竟然偷了你妹的錢？」史考特說，整個下午頭一次露出了笑容，「真**低級**。」

潔西低頭看著地面，她知道伊凡正瞪著她，臉上掛著**我真希望你從來就沒出生**的表情。

「打攪一下？」旁聽席傳來人聲。潔西轉頭看，是梅根。她正舉著手，就像在班上要發言那樣。

「法官准許梅根·莫里亞提發言。」大衛說。

「法官不能准許旁聽席的人發言，」潔西說，「觀眾不能在審判期間說話。這樣全都錯了。」

「嗯，」大衛說，「我是法官，所以由我決定。梅根！」

「裡面也有我的錢嗎？」梅根問，並直直看著伊凡。「那一萬零二百四十元裡面，有我從檸檬水攤賺來的那一半？」

潔西張開嘴巴，可是發不出聲音。伊凡把頭埋進雙手。

潔西萬萬沒料到這場審判會有這樣的發展，像是披露了這項事實：史考特從伊凡那裡偷錢以前，伊凡先從潔西那裡把錢偷走；或是暴露了這個事實：他遺失的錢裡面，有一半是梅根的錢。伊凡本來打算在一天之後就把錢還給潔西（她早就已經原諒他把錢拿走這件事），而且潔西和伊凡真的很努力想把梅根的錢都賺回來，好讓梅根**永遠不會知道**錢曾經弄丟過——所以那些事實似乎無足輕重。可是，在大家的眼中，伊凡看起來就是小偷，一個說謊的小偷。

突然之間，潔西的話語衝出口，「他沒偷，」她說，「是**我**叫他把錢拿走的。我交給他，要他幫忙保管。他**沒**偷。」潔西轉向梅根。「你的錢會被偷，是我的錯。」

伊凡看著她，梅根看著她，史考特也看著她，法庭裡的每個人都盯著潔西。潔西滿腦子只想到：自己剛剛在法庭上當眾說了謊，而且大家都心知肚明。

12 憲法第六條修正案

憲法第六條修正案

（Sixth Amendment，名詞）

美國憲法的一部分，解釋了刑案被告接受審判的時候，應該享有哪些權利，其中包括律師的協助。

潔西低語：「起訴方陳述完畢。」然後她和伊凡回到座位上。伊凡的眼睛牢牢盯著地上，他很怕看潔西。如果他看潔西，他知道怒氣就會像岩漿從地殼的裂縫中噴湧而出。他剛剛在整個四年級面前出盡了洋相。即使潔西不是故意的，**錯還是在她身上**。如果她沒傳喚他當證人，如果她沒找大衛當法官，如果一開始她沒發那張愚蠢的逮捕令給史考特．斯賓塞，這些事情就都不會發生了。

大衛敲了木槌三次。「被告的律師可以上前了嗎？」

伊凡看到史考特扭過頭去望向停車場。「我們必須再等幾分鐘，」史考特不帶情緒地說，「我媽還沒到。」

「如果她不來，」保羅說，「史考特是不是必須棄權？」

大衛翻閱他的小卡。「潔西？如果史考特的媽媽沒來，他是不是等於棄權？」

「她來了！」史考特喊道，從坐著的球上跳起來，「就跟你們說了！就跟你們說了呀！」他轉向潔西，「現在你會看到**真正的**律師是怎麼做的。她會讓你看起來像傻瓜！」史考特拔腿奔向停車場，有輛大型的灰色休旅車正要停下來。

伊凡看到史考特跑向那輛車，往敞開的車窗傾身跟他媽媽講話。史考特轉過身來，指指所有坐在法庭裡的小孩。伊凡只能稍微瞥見斯賓塞太太搭在方向盤上的雙手，車子還沒熄火。接著史考特從車子退開，車子就開走了。

史考特走回來坐在籃球上。他聳聳肩，可是伊凡看得出他不在乎的模樣是硬裝出來的。「她不能留下來，」史考特說，「她有個大會議要開，是真正的事情，不是小孩子的把戲。」他再次聳聳肩，避開其他人的視線，直直望向大衛。

「所以……」大衛說，「我們現在要做什麼？」法庭裡的每個人都轉向潔西，她從坐下來以後就一直保持沉默。

伊凡望向潔西，她臉上毫無笑容，讓他覺得很意外。畢竟，這就表示他們贏了，對吧？至少，在籃球裡的規則是這樣的，如果另一隊沒有出現，或是球員不夠，那麼他們就等於棄權，也就表示另一隊自動獲勝。伊凡通常很討厭褫奪比賽，即使是自己這隊勝出也一樣。他寧可參賽落敗，也不要因對方棄權，被褫奪比賽而勝出。可是這一次，只要能贏，不管是用什麼手段，伊凡都願意接受。那個糾纏他好幾天的景象：在晨會中站起來向史考特道歉，已經慢慢淡去，新的景象取而代之：伊凡正在玩新的Xbox，朋友都跑來**他**家玩。

潔西說：「大衛，你要說『辯方律師請上前來』，然後史考特說——嗯，不管他想說什麼來替自己抗辯，他說完之後要再說『抗辯完畢』，就這樣。」

「然後就是判決！」坐在陪審團席的莎莉．奈特說，「然後我們就可以投票，宣布判決結果！」

「對。」潔西悶悶不樂地說。

她有什麼毛病啊？伊凡想不通。要是史考特沒有辯護律師，他們肯定就要贏了啊！

「嗯哼，」大衛清清喉嚨。「辯方律師請上前。」

大家都轉過去看史考特，不過，法庭後方傳來的人聲打破了寂靜。

「就是我，我是辯方律師。」梅根從旁聽席站起來，走到法庭前方。

什麼？

起初，伊凡以為自己一定是聽錯了。

梅根．莫里亞堤剛剛說要替史考特．斯賓塞辯護？

「你不可以那樣，」伊凡說，從座位上跳起來，「你……你應該……」他想要大喊：**你應該站在我這邊，不是他那邊！**可是他不能講那種話，不能在全四年級面前那樣說。

「嘿！」大衛喊道，猛敲一次木槌。「維持法庭秩序。原告，坐下。如果你一直干擾審判，我會把你趕出法庭！」

「喔，對啦！說得好像你真的可以！」伊凡說，可是他還是乖乖地坐回籃球上了。

「潔西，」大衛舉高手錶說，「三點半了。我再十分鐘就必須離開，可以吧？」

潔西點點頭。「嗯，可……可以。」

伊凡真不敢相信事情真的變成這樣？他**喜歡的**女生就要毀掉他唯一可以報復死敵的機會？

梅根轉向史考特。「你還是不想要女生律師嗎？」

史考特再次聳聳肩。「我只有你了。我想可以吧！」

「好，」梅根說，「不用很久的。我可以傳喚一號證人嗎？」

大衛點點頭。而梅根走到法庭前方。

13 間接證據

間接證據

（circumstantial evidence，名詞）

可以讓某人看來有罪的不直接證據。比方說，如果有人看到嫌犯從案發現場逃離，陪審團可能會推定他犯了罪，雖然沒人親眼看到他下手。

梅根從傑克開始。她對他提出三個問題，要他只用一、二個字來回答：**有**或**沒有**。

「傑克，你有沒有看到伊凡短褲口袋裡的錢？」

「沒有。」

「你有沒有看到史考特．斯賓塞從伊凡的口袋裡拿東西？」

「沒有。」

「從那天以來，你有沒有看到史考特．斯賓塞帶著一萬零二百四十元來來去去？」

「沒有。」

然後，她一個接一個傳喚凱文、馬里克、萊恩和保羅到證人席上，提出同樣三個問題。他們的回答都相同：沒有。

潔西邊聽邊覺得悽慘，卻又相當佩服。梅根才不到五分鐘就瓦解了她控訴史考特．斯賓塞的案子。事實擺在眼前，在泳池的那一天，沒人確實**看到**了什麼。伊凡的錢到底怎麼了，全部只是猜測而已。

梅根在問證人問題時，潔西一直擔心梅根會叫伊凡上證人席，進行交叉詰問。她知道，伊凡寧可一根一根的把頭髮全都拔光，也不願意再回到證人席上。可是梅根卻傳喚了別的證人，是連潔西也沒料到的。

「我的最後一位證人，」梅根對陪審團說，「是史考特．斯賓塞。」

史考特．斯賓塞原本屈身坐在球上，手肘撐在膝蓋上，兩眼盯著地面。現在他拉直身子、挺起肩膀，一臉訝異，就像任何人在法庭上聽到自己名字被叫到時的反應。

「我不想。」他說。他不服氣地看著梅根，然後看看大衛，彷彿打算向他們發出打架的戰帖。

大衛用木槌指指他。「嗯，你一定要。你的律師交代什麼，你就要照做。」

潔西相當確定這點不是真的。她記得有個規定說，被告不需要在法庭上提出不利於自己的證詞，可是她不確定，所以什麼都沒說。

史考特站起來，用腳跟推一下球，球往法庭後方滾了幾公尺遠。他走到講臺，右手放在心窩上，同時舉起左手。

「你是否願意發誓說實話，全部都是實話，而且只說實話？」法官問。

「願意。」史考特說，不過他把聲音拉得又長又低，彷彿那個字是用繩子從他的嘴裡拖出來似的。

「我只有一個問題，」梅根說，「而且是很簡單的問題。」她雙手叉腰，和他面對面。「新款的 Xbox 真的是你自己花錢買的嗎？」

「什麼？」史考特說，彷彿不敢相信自己剛剛聽到的話。他轉向大衛·科克里安，說：「我不要回答那個問題，我不必回答那個問題。」

「要！你要回答！」大衛說，「不然我就判你藐視法庭。」他狠狠敲了一下木槌，好讓史考特知道他是認真的。

潔西看著史考特，知道他心裡有什麼感覺。**每個人**都盯著他看。

「嗯——我——」沒人發出聲響，連

榆樹的枝椏都停止了搖擺，樹葉輕柔的窸窣聲也漸漸陷入寂靜。

「記得，」梅根靜靜地說，「你是發過誓的。」

史考特擺出臭臉。「**不是**，不是用我的錢。你高興了吧？」他對著梅根冷笑。「是我爸媽買給我的。」

就在那時，大家開始大喊大叫。「我就知道！我就知道！」亞當說。

大衛猛敲木槌十次左右，才讓四年O班安靜下來。「證人可以退席了！準備結辯！起訴方先來！快點！」

潔西站起來。這原本應該是屬於她的重大時刻。

「我寫了一份很棒的結辯，」她邊說邊把幾張紙卡從後口袋抽出來，「可是我想我們沒有時間了，所以我只要說這個就好。」

她走到陪審團席那裡，十二雙眼睛直盯著她，有些是陪審員，就像亞當和莎莉，是她還滿熟的人，不過大部分都不怎麼認識。現在他們全都看著她，陪審席的每個人都等著聽她的說法。

「陪審團的各位先生女士，」她開口，「事實就是事實。錢本來在伊凡的短褲裡，褲子安安全全地折好，收在傑克的房間。史考特進了傑克的房間後就跑回家了，就像是個心虛的壞蛋。伊凡上樓去的時候，他的短褲被掀開了，錢已經不見了。不是天才也能破解這個刑案。最後的重點就在於，誰說的才是實話。所以想想你們認識伊凡．崔斯基的這些年，還有你們認識史考特．斯賓塞的這些年，問問你們自己：**你**會相信誰？」

潔西把紙卡塞回口袋，她甚至沒有機會用到花了好多時間寫下的精采結辯。可是這場審判和她原本預期的完全不同。

「好了，結束了，」大衛說，「現在，被告方的結辯。**快啊**！梅根。」

梅根站起來走到陪審席。「重點是，」她說，「你們不能宣判史考特有罪，因為根本沒有證據。到底發生什麼事，全都是我們想像出來的。我們沒辦法確定，因為沒人**看到**任何事，而且那筆錢也從來沒出現過，所以……我們就是沒辦法知道。我猜，我們永遠也沒辦法知道那天下午到底發生了什麼事。」梅根看著大衛。「就這樣了。」她說。

「好了！」大衛吼道，再次猛敲木槌。「陪審團，做決定吧！」

「我媽來了！」莎莉說，她注意到停在停車場上的一輛車。

「我媽也來了。」卡莉說。

「陪審團！請圍過來！」亞當喊道。十二位陪審員緊密地圍成一圈，低著頭湊在一起，背對著法庭。

潔西站起來又坐下，接著又再站起來。有時候，她的肚子裡會有種冒泡泡的不安全感，現在就是這樣。她開始想：如果她要吐的話，去哪裡吐最好？到講臺後面？還是到樹木旁邊？她來不來得及趕到廁所去？她真希望可以跟伊凡講講話，可是她看他一眼就知道最好別靠近。他的嘴巴閉得緊緊的，一副要咬碎自己牙齒的樣子。

「散會！」亞當喊道，一面大聲拍手，原本聚集起來的陪審團就散開來了，潔西看到亞當在一張紙片上匆匆寫了什麼，然後交給大衛。

「全體起立，陪審團即將宣判。」大衛說。每個人都站了起來。

潔西覺得氣息卡在喉嚨裡，她努力想吞嚥，可是頸部的肌肉彷彿都癱瘓了。突然有一幅景象游進她的腦海：在全班面前站起來向史考特．斯賓塞道歉。

「我媽要過來了。」卡莉指著停車場說。潔西轉身看到一位戴著眼鏡和棒球帽的高佻女生走來。

「快！」亞當說。

「好，」大衛說，聲音愈來愈高，「我想應該要用很正式的方法說，可是我只要把判決大聲唸出來就好了！判決是——無罪！」

「耶！」史考特．斯賓塞喊道，並跳向空中，高舉拳頭揮擊了兩下。「我贏了！老天，我好希望星期一早上快點來啊！」

可是其他人動也沒動，大家都默不作聲。

操場上出了某種嚴重的差錯。在榆樹的涼蔭裡，遠離值勤老師和父母的責備眼光，四年O班的小孩創造了屬於自己的法庭，並遵循了所有的規則——可是不知為何，卻得到了錯誤的答案。潔西感覺到了，其他人也是，潔西很確定。

「我們結束了嗎？」大衛舉著木槌問，「潔西？」

潔西點點頭。

「法庭休庭。」大衛邊說邊往木塊敲了一下。此時，卡莉的媽媽走到了女兒身邊。

「你們小朋友在玩什麼？」她問。

「沒什麼。」卡莉說。她拿起書袋跟著媽媽走向停車場。大衛把黑袍和木槌塞進牛皮紙袋，往小徑走去，有一半的孩子都跟了上去，可是剩下的四年級生仍留在原地。

突然間，有個聲音劃過空中。

「還**沒**完呢！」

伊凡雙手捧著籃球站著。「就你和我！」他說，並戳戳史考特．斯賓塞的胸口，力道大到史考特往後退了一步。「到球場上，籃球場上。」

14 挑釁的言詞

挑釁的言詞

（fighting words，名詞）

惡毒又充滿敵意的字眼，會刺激對方透過肢體加以回擊。美國憲法第一條修正案不把「挑釁的言詞」視為言論自由來加以保護。

「好啊！」史考特說。

大家都懶得收拾器材，跳繩、飛盤、牛奶箱和其他的球全都被留在原地。還沒回家的四年O班小孩都在籃球場的兩側站好。

伊凡運著球，試著找到會讓他有最佳表現的那種放鬆感。「我們打七分賽，一球算一分。先得到七分的人就直接贏了，進球的人可以繼續進攻。球必須過了大裂縫，才算洗球。你必須把球運到大裂縫後面才算洗球。」伊凡指著柏油地上，從籃框往外延伸了六公尺的裂縫。打半場球賽的時候，他們總是用那條線來洗球。

「誰要當裁判？」史考特說。

「沒有裁判、不算犯規，」伊凡說，「打就好了。如果球進，就得一分。如果沒進，就回家哭給你媽媽看。可以吧？」伊凡邊說邊交叉運球，他漸漸抓到了自己的節奏。他看著站在罰球區後面的史考特，出現了，史考特特有的神情——好像在說：**何必麻煩？反正贏家總是我**。伊凡恨不得把那種表情永遠從史考特．斯賓塞的臉上抹去。

「嗯，好啊，」史考特說，「可是由誰開始？」

「你。」伊凡從胸前傳球給史考特，速度快到史考特來不及把手臂舉起來，球擊中他的胸膛之後滾落到腳邊。

伊凡聽到有些小孩在笑，並注意到梅根叉起手臂、皺著眉頭。「好的開始！」保羅從場邊喊道，史考特把球撿起來，帶到線後面。

「好，伊凡，」史考特說，「算你狠。」

伊凡跑到線那裡壓低身子，準備防守。

史考特運著球，在線後面徘徊。接著他先假裝往左，結果卻往右衝過了伊凡身邊。

史考特動作滿快的，可是伊凡更快。他從後面追了過來，就在史考特要投球的時候，把球從空中狠狠拍開，力量大到往下撞向柏油地面，他的手肘狠狠撞上史考特的臉，史考特癱倒在地。伊凡在無人防守的狀況下，輕鬆進籃，得到第一分。

「你不可以那樣！」史考特說，「你**攻擊**我！」他坐在地上，兩腳攤開，一副站都站不起來的樣子。

伊凡回頭朝著線運球。他舉起一手到耳邊，假裝努力集中精神。「史考特，你聽到哨子聲了嗎？我想沒有，因為並沒有哨子。**堅強一點！**」

史考特跳站起來，萊恩大喊：「真愛裝！」

「一比零，」亞當喊道，「伊凡的球。」

伊凡連做假動作都懶得做，就直接往史考特衝撞，把他逼倒在地，然後衝向籃框，輕鬆帶球上籃。

「喔，老天！」萊恩吼道。

梅根搖搖頭。「如果你們要用這種打法，幹麼說是打籃球？」

伊凡看到史考特緩緩起身，可是他已經把球帶到線後面，在史考特站定以前，就衝到籃框那裡了。又一次輕鬆帶球上籃，姿勢漂亮得像隻小鳥。

「三比零！」亞當喊道。

「史考特，」萊恩說，「快啊，有骨氣一點！」

這一次，當伊凡開始往籃框移去時，史考特撲向籃球。他把球從伊凡手上猛力搶走，可是球卻飛出了界外。

「界外！」亞當喊道，「伊凡的球！」伊凡又開始進攻，這次他做出往左的假動作，又往右，再往左，結果史考特往錯的方向傾身，就在這時伊凡終於採取了行動。

「這是籃球，史考特。不是一二三木頭人！」凱文喊道。

伊凡緩緩把球運回去。史考特在線的對面和他怒目相對，雙手插著腰。「這些都不算數，」史考特說，「這是『髒球』，這是垃圾。這些都不算數！」

「為什麼不算？」伊凡說，一面穩定地運球，「你答應過的，不講犯規。是你說可以的，對吧？」

伊凡跨出一步，越過了線，依然在身體前方慢慢運球。接著他把兩手張得開開的，讓球在他們兩人之間跳動，毫無保護。「來啊，拿去呀！」

史考特出動，準備把球從空中抓下來時，伊凡已經有所準備。他比俯衝的老鷹還快，把球搶了回來，轉身繞過史考特，衝往籃框。他使勁全力高高跳起，剛好用雙手將球塞進球框。

「灌籃！」保羅尖叫，還在場邊跳了一段舞。

「真是噁心，」梅根說，「我要回家了。」她拿起側背包，斜掛在肩上。「潔西，要一起走嗎？」

「不要。」潔西用小小的聲音說。她抱著膝蓋坐在草地上，「我要留下來。」

梅根點點頭，然後走向停車場。伊凡注意到她要離開，可是他告訴自己：**誰在乎啊？**

「四比零，」亞當說，「嘿，伊凡，快點收尾，可以嗎？我必須回家了。」

伊凡以罰球區中央的跳投，以及在籃框前的小拋投，快速的將比數往上拉到六比零。

場邊的所有男生都尖聲叫著：**完封、完封！**伊凡運球的節奏配合著他們的口號。他瞥了瞥史考特，史考特氣喘吁吁，一副要嘔吐的模樣，兩邊膝蓋和一邊手肘都滲了血。**他說的沒錯**，伊凡想，**這不是籃球，這是復仇之球**。

「你想要球嗎？」伊凡問，「喏，可以給你啊。」他讓球從指尖滾下，球往史考特彈跳而去。「別說我沒有可憐你喔！」伊凡說，史考特在這時撿起球來，兩人調換位置，換伊凡防守。「來啊！我甚至會退開，給你很大的空間。可是有我防守，你還是進不了球。」

史考特慢吞吞地運球，伊凡看得出來他正在想策略。他不可能硬擠過伊凡身邊，因為伊凡很有分量；他也不可能加速衝過伊凡，因為伊凡的動作更快。史考特．斯賓塞想勝過伊凡，唯一的方法就是用騙的。史考特就只有那種本事，伊凡

心想，史考特向來就只有那種本事。

史考特開始往籃框慢慢運球。伊凡就定位，擋住罰球區，可是仍然給史考特不少空間，他一直緊緊盯著史考特的眼睛。

突然，史考特嘴巴一張，停下運球動作大喊：「喔，我的天啊！潔西，你還好嗎？」

伊凡轉過身去。她在哪裡？她剛剛在攀爬滑梯設施上嗎？她摔下來了嗎？她就是這麼笨手笨腳，連穿過教室都會絆倒。

伊凡的目光掃到潔西時，她正坐在場邊，和往常一樣把膝蓋塞到下巴下，專注地看著比賽，這時他才想通。可是這時史考特已經突破他的防線，衝向籃框。伊凡差點可以及時擋住那次投籃，可是「差點」是不算數的。史考特投得又急又弱，球在球框上繞了繞，然後掉了進去。

「我不敢相信你竟然會上那種當，老兄！」凱文喊道。

「屢試不爽的老招。」保羅邊說邊搖頭。

「六比一，」亞當喊道，「史考特的球。」

史考特接過球，聳了聳肩，運球經過伊凡。「進球的人可以繼續進攻，對吧？」

伊凡這輩子不曾有過這樣的感覺。他以前摔斷腿的時候沒有；他爸爸離開的時候沒有；潔西把蟲放進他的檸檬水裡也沒有。現在這個更糟糕，這個更強烈，感覺就像代表了一切。

當史考特往籃框移去時，伊凡舉起雙手向他撲去。一定是他臉上表情使史考特凝住片刻、慢了半步。就差這麼一點，伊凡成功地把球抄走，往罰球區後方去。

他可以運球到籃框那裡投籃，事情就到此為止。球賽就結束了，他就贏了。

可是，他偏偏不要。

他想讓史考特付出代價。他想要確定大家在未來幾天、幾星期、幾年，只要講起史考特．斯賓塞在籃球場上被擊垮的事時，都會談起伊凡．崔斯基投出的最後一球。

於是他到罰球區後方，雙腳穩穩站定，這樣就能做出他練習好幾個月的漂亮轉身跳投。他站在那裡一面運球，幾乎是用吼地對史考特說：「**哼，來擋我啊！**」史考特出手的時候，伊凡一轉身，手肘狠狠擊中史考特的臉頰。

史考特飛了出去，屁股用力跌坐在地，雙手刮過柏油地面。伊凡根本沒轉頭去看史考特是不是還好，他一次、兩次、三次運球，然後躍入空中，扭動身體，讓球飛了出去。

大家都看著球飛越空中，然後咻地穿過籃框。

一記空心球。

那顆球掉到柏油地面上，彈彈跳跳。沒人動手撿，沒人說話。史考特還坐在地上，雙手流著亮紅色的血。伊凡站著，手臂貼在身側，他覺得自己剛剛好像打完一場架。

史考特慢慢起身，撿起籃球，往地上一丟之後用盡全力猛踢，球飛越籬笆，消失在沼澤裡，然後他拔腿就跑。

15 天平

天平
（balance，名詞）
用來秤重的器具，有個橫向的旋軸秤桿，上面掛了兩個秤盤。在雕像和畫作裡面，正義女神像常常手持一座天平。

「外婆，可以講一下話嗎？」潔西把一顆枕頭塞在頭後面，將話筒貼在耳朵上。

「當然可以，潔西寶貝。怎麼了？」潔西的外婆住在四個小時路程之外，所以潔西常打電話給她。

「每件事都好糟糕。」潔西邊說邊摳著房間壁紙逐漸剝落的角落。她向外婆解釋昨天的審判、籃球比賽、史考特把球踢進沼澤的事。她跟外婆說，伊凡最後花了半小時才找到那顆球。因為伊凡叫所有的朋友先回家，說他會自己去找，**回家就是了啦！**於是他們都回家了。只有他和潔西留下來找球，找球期間，伊凡一句話也不說。

「今天他連飯都**不吃**了，什麼都不做，」潔西說，「你知道今天是贖罪日嗎？」

「贖罪日？是小朋友們變裝的日子嗎？」潔西的外婆說。

「不是啦，普珥節（註③）才是。」外婆老是把事情搞混，就是聽起來有點相像但又不一樣的事。她們上次通電話的時候，她和潔西聊到加州的紅杉樹，卻一直講成轟杉樹。「贖罪日是猶太人請求寬恕、不吃飯的日子。」

「伊凡現在變猶太人了哦？」外婆問。

「沒有啦，可是他不肯吃飯，他說他不餓。」潔西說。

「有時候我也會這樣啊，」外婆說，「我幾乎是忘了要吃。」

「可是，伊凡**永遠**都是餓的啊，」潔西說，「媽說他是個無底洞。」

「等他準備好，就會吃了，」外婆說，「隨他去吧！」

潔西向來很討厭外婆說這種話。她老是要潔西**隨它去吧！當棵樹吧！**瘋狂的瑜珈外婆，人要怎樣當樹啊？

「可是……我想幫點什麼忙。」潔西說。

「你何不烤點餅乾？」外婆說，「這樣他就會食指大動了，對吧？」

「我想不會，」潔西說，「這次不會。」這次的狀況是連餅乾都應付不來的。她要怎樣說明才能讓外婆聽懂這次狀況有多嚴重？

潔西原本對這場審判抱有很大的信心。她本來以為法庭會讓真相大白，有了真相，正義也會隨之而來。

可是在法庭上，真相不僅沒有大白，而且謊言還滿天亂飛，包括她自己。正義不只沒有到來，而且犯了罪還不用受到懲罰。現在她和伊凡必須在四年級全班面前站起來，承認自己錯了——雖然潔西知道那不是真的。

「外婆，好不公平，」潔西說，「我知道錢是史考特．斯賓塞拿的，我知道他在說謊。可是現在感覺起來卻好像，我做了那麼多，最後只是為了讓他看起來無罪！」

「有些事情是超出你的控制的，潔西，」外婆說，「你必須學習接受那一點，你不能操控整個世界。」

我真希望可以，潔西心想。如果由她主管，這個世界會變得更美好。可是話說回來……她想起自己做了可怕的事。

「外婆，」她脫口而出，「我在法庭上說謊了。」她說明事情的來龍去脈。外婆沒有打岔地把整個故事聽完。

「說謊是錯的，」外婆說，「可是至少你是出於善意的。你愛自己的哥哥，不用覺得丟臉。」

「我還是覺得很難過。」潔西說。

「那樣很好，」外婆說，「如果你說了謊還不覺得難過，那我就要擔心了。說不說謊，是你**可以**控制的，沒人可以逼你說謊。所以難過一陣子之後，永遠記得自己學到的教訓，繼續走下去，成為更好的人。可是不要對自己太嚴厲啊，潔西，你才七歲耶！」

「外婆！我八歲了！」潔西說。外婆怎麼能夠忘記她的年紀？

「真的嗎？」外婆說，「你確定？」

「我八歲都快一年了。我的生日在下個月。」

「很好，」外婆說，「因為有本書我一直想寄給你，拿來當你的生日禮物會很棒。」

「外婆，」潔西說，語帶警告的說：「你不會再寄《乞丐王子》給我了吧？」

「不會，你這個自作聰明的小鬼！我記得我寄給你那本書——兩次！你永遠都不肯讓我忘記那件事，對吧？」

「你為什麼會忘記事情？」潔西問，「你以前不會這樣啊？」

「喔，潔西寶貝，我愈來愈老了啊！」外婆靜靜地笑道，潔西把話筒貼得更近。「那是我們都控制不了的事情。說起來還真遺憾。」

潔西聽到樓下的門鈴響起。她知道媽媽遠在閣樓的辦公室裡，是聽不見的。她也很確定，即使伊凡聽得到，也不會去應門。「我必須走了，外婆，」潔西說，「門口有人。」

「好吧，甜心，當棵樹喔！然後烤烤餅乾！我愛你。」

潔西跑下樓，打開前門。是梅根。

「嗨！」梅根說。

潔西舉起手稍稍揮一下，但沒邀請梅根進來。

「我想你可能在生我的氣。」梅根說。

「是有一點。」潔西說，然後是一陣短短的沉默。「你為什麼要那樣？」潔西原本不想相信自己竟然會生最好朋友的氣，可是打從審判以來，她一直試著視而不見的疑問全都湧進了腦海：**你為什麼要把我所有的努力全都毀掉？你為什麼幫史考特擺脫責任？你為什麼背叛我和伊凡？**

「對不起，潔西，」梅根說，「我不想惹你生氣，也不想搞砸你的審判。可是重點是，那其實不是你的審判，而是屬於我們大家的。」梅根直直地看著她。「你做的這件事很棒，潔西。你給我們真正的法庭，而不是什麼冒充、頂替、假裝的東西，而是真正的法庭。可是在真正的法庭上，每個人都有權利請律師。所以，必須有人為史考特站出來發聲，要不然，那場審判就會是一場大騙局。」

潔西悶不吭聲，但她明白梅根的意思。她的腦海深處一直都曉得這種狀況。

「我想贏，」她終於開口，再次感到輸的痛苦，「可是你說得對。你做了對的事情。」

兩個女孩站在那裡都低頭看著腳。為什麼聊起「感受」會這麼吃力？

「我已經不氣你了。」潔西說，她知道這句話大半是真的，而且到了明天就會完全是真的了。

梅根浮現笑容。「星期一見，小潔。」她跳下屋前階梯。

「嘿！梅根，」潔西喊道，「你想，錢是史考特拿的嗎？」

「嗯，我想是。」梅根說。她聳了聳肩，臉上的表情好像在說：**那就是人生**。

潔西看著朋友沿著街道走遠。那天是個夏末秋初的美好日子，樹木在微風中搖擺，天空是矢車菊的色彩，陽光灑在身上的感覺真好。

潔西跑到樓上的房間，找到外婆去年耶誕送她的瑜珈書。她翻到四十八頁盯著圖片。

「當一棵樹。」潔西喃喃自語。她慢慢舉起右腳，放在左腳的膝蓋上，高舉雙手，讓自己在喜樂祥和的那一秒裡，抓到並穩住了平衡，像一棵樹一樣的站立著。

---

③普珥節是為了紀念波斯帝國的猶太人，從滅族的行動中倖存的節日。

16 賠償

賠償
（amends，名詞）
以金錢或其他有價值的資產進行合法補償，以便修補任何形式的損失、破壞或傷害。

伊凡這輩子從來不曾隔這麼久都沒吃東西。最怪的事是，他竟然連餓的感覺都沒有。星期六下午兩點左右，他的飢餓感就這麼消失了，就像關掉電燈開關一樣。他覺得身體空空的、很輕盈，頭有點暈陶陶的，可是並不覺得餓。

這根本不在他的計畫之中。昨天，他回家照常吃了晚飯。接著太陽下山，他想起亞當和保羅，他好奇他們是不是已經開始禁食了？能不能一路撐到明天晚上？然後他就想試試看自己能不能辦得到，連續二十四個小時不碰食物。他只是想看看那是什麼感覺，看看自己有沒有完成這件事的力量。

因此讓他想到了贖罪日。他吃得愈少，也就思考得愈多，最後他高高坐在樹上屬於他的那根枝椏，樹葉對他輕聲細語，鳥兒正在啄食當天最後的點心，向晚的陰影開始延伸越過院落。

他開始想到自己的罪過，要想那個是很吃力的。他真的有罪嗎？他不曉得。可是有件事他很清楚：現在他感覺糟透了。伊凡知道，當他真的很難受的時候，通常就表示他做了讓自己後悔的事。

整場籃球賽都讓他覺得後悔。他真希望自己沒用那種方式打球；他真希望梅根、潔西或任何人沒看到他那樣打球；他真希望他沒表現得像個混蛋。那場球賽在他的腦海裡再三重播，每次的「完美投籃」都在腦中反覆重現，讓他覺得噁心想吐。他永遠無法知道那筆失蹤的錢到底怎麼了，可是在籃球場上擊垮史考特也無法改變那一點。

伊凡從樹上爬下來，走進屋裡。潔西在廚房裡拿著攪拌盆，一堆食材鋪在流理臺上：麵粉、糖、奶油和雞蛋。

「要做什麼？」他進門的時候問。

「你最愛的，巧克力碎片餅乾。」

「謝了。」伊凡說，然後從前廳櫥櫃拿下棒球帽，往門口走去。

「你要去哪裡？」潔西問。

「史考特家。」

「不要！」潔西說，「別去啦！」

「別擔心啦！跟媽說我去哪裡了，好嗎？」潔西跟著他走到門口。

「我回來以前別把餅乾吃光喔！」

他回頭喊道。

其實他沒有什麼計畫。在腦海深處，他想到自己在未來的某一刻會和對方握手，然後至少說聲「對不起」。在那之後，他不曉得事情會怎麼發展。

從伊凡家騎腳踏車去史考特家，只有短短的路程，但是史考特家的社區就像是另一個世界。那裡的房子很巨大，有一叢叢的珍奇灌木，有個足以停下兩輛車的車庫和主屋相連，還有邊緣像是圍了剃刀似的草坪。

伊凡穿過磚道走到史考特家前門的時候，注意到院落裡兩棵大槭樹的樹葉已經開始變色，下個月就會掉很多葉子，可是伊凡知道，史考特永遠不用自己清理樹葉，因為他家僱了專人負責照顧。

前門一打開的時候，伊凡看到史考特站在那裡，並不意外。伊凡幾乎想不起來史考特爸媽曾來應門的情景。

史考特看起來的確比昨天好一些，打理得很乾淨，沒有血跡，而且穿著蓋住膝蓋的牛仔褲。可是臉上的神情沒有兩樣——滿臉恨意，一股純粹的恨意朝著伊凡射來。

「嘿！」伊凡說。

「怎樣？」史考特說，「你想幹麼？」

伊凡沒有事先排練要說的話，迎面而來史考特的憤怒臉龐，讓他很難當場想出些什麼。他杵在那裡片刻，腦袋一片空白。他來這裡是**為了什麼**？

接著他說了自己想到的唯一事情。「我想看看你的新款 Xbox。」

情況就此改變了。史考特不再臭著臉，手臂也放鬆下來了。他停了一秒之後才說：「可以啊！」然後他後退一步讓伊凡進來。他們從小到大就是這樣：史考特・斯賓塞喜歡炫耀自己的新玩具。

伊凡跟著史考特走下樓梯到布置精美的地下室，那裡結合了遊戲室和客廳，樣子和伊凡所記得的大多相同：兩張沙發、電腦桌、鎖零食的檔案櫃、一桶桶的玩具和拼組材料、運動器材、從天花板垂下來的鞦韆吊椅、電子琴、跑步機。不過，吸引他目光的是新電視，好巨大，是伊凡這輩子看過最大的液晶螢幕。

「哇！」伊凡說。

史考特露出笑容。「厲害吧！我爸幾個星期以前買的。酷吧？」

伊凡注意到固定在電視上的時髦白盒子。「那就是最新的 Xbox 嗎？」他問，

「哇！好小喔！」

「對啊，可是看看它有什麼能耐。」

史考特把像是打曲棍球用的厚手套遞給伊凡，只不過它們是白色的，還有一副厚重的深色護目鏡，可以包住整個頭部。伊凡把籃球帽摘下來，戴上手套和護目鏡，然後史考特按下盒子上的按鈕。下一秒，伊凡就在賽車道上開車，其他車子以一百九十公里左右的時速從他身邊咻咻奔馳而過。

「哇！」伊凡喊道。

「右轉！快用手套！假裝你握住了方向盤，右轉啊！」史考特尖叫。

伊凡差點撞上了保護賽車轉彎處

的稻草堆障礙物，他趕緊抓住想像中的方向盤，把自己移回路上。

「掐緊右手，可以加快速度。用左手來放慢速度。」史考特說，然後把音量轉大，賽車的轟隆聲灌滿了伊凡的耳朵，伊凡幾乎可以聞到汽車廢氣的味道。

接下來五分鐘，伊凡享受了生平最棒的賽車體驗。他從沒玩過這麼有趣的遊戲系統，難怪史考特會老是掛在嘴邊。

「史考特！史考特！」後面有個人大喊。伊凡轉身拔下護目鏡。斯賓塞先生正站在樓梯頂端。史考特跳起來把電視的音量轉小。

「我叫你叫了五分鐘。能不能把那個東西轉小聲點？你知不知道有多吵？」

「對不起，爸，」史考特說，「我們只是在玩『馬路狂飆』。」

「哼！你會害電視的擴音器爆掉，然後**你**就要替我買個新的。別以為我不會叫你負責。我花了五萬元買新電視，不是為了讓你用電玩遊戲把它毀掉。那個器材很昂貴，你必須學習用尊重的態度來對待它。現在把聲音關小，我想工作。」

「是的，長官。」史考特說。

斯賓塞先生轉身消失在樓梯頂端。

史考特拿起棒球，開始在手中來回拋接。伊凡不確定該做什麼，他把手套和護目鏡放在地板上。賽車還在電視螢幕上衝刺，可是沒有任何聲音，看起來愚蠢又虛假。

「你爸工作的時間很長哦？」伊凡說。

「連星期六都工作。」史考特邊丟球邊說。

「我媽工作的時間也很長。」伊凡說，不過心裡悄悄想著：**可是至少她不會因為我們很吵就大吼大叫**。

「嗯，隨便啦，」史考特說，「你想玩『危機』嗎？滿酷的喔！」說完，他就把棒球拋向房間的角落，只是力道比輕拋還大，而且還丟偏了，偏太多了。結果，球飛越房間，砸中了電視螢幕的一角，發出一陣吵雜的爆裂聲，然後電視螢幕就變黑了。

兩個男生都凝住不動。伊凡不敢發出任何聲音，他覺得好像有隻襪子塞進了喉嚨。電視螢幕上出現一條三十公分長的裂縫，還有一堆蛛網般的裂痕。整棟房子靜悄悄，只有斯賓塞先生衝下樓梯的腳步聲，然後他就出現在門口瞪著電視。

「你是故意的嗎？」他對史考特吼道。

「不是！」史考特說，「我不是……」

「因為你要負責出錢。每一分錢都是你的零用錢、生日禮金——今年耶誕別想要禮物了。你懂嗎？」斯賓塞先生的額頭爆出青筋，就像電影裡面的異形那樣。他每說一個字，就會有口水噴出來。伊凡以為他就快要爆炸了。

「爸，我不是……」

「那個電視是全新的，**全新的**耶！你聽到了沒有？」

伊凡往史考特的方向跨了半步。「對不起！我們不是故意的。剛剛那是意外。」

斯賓塞先生從下樓以來，第一次正眼看伊凡，幾乎像是他完全忘了房間裡還有別人。他緩緩地呼氣吐氣，咬緊牙關，下顎和岩壁一樣堅硬。「球是**你**丟的嗎？」

「不是，可是我們，那個，本來在玩。那顆球——不小心就打到電視了。我們不是故意的。」伊凡很害怕，可是卻忍不住覺得斯賓塞先生真是混蛋。當然，他媽媽也會有生氣的時候（而且還滿常生氣的），有時候還會大吼。可是如果真的是意外，她就不會這樣。

「我們很對不起，爸。」史考特低聲說。

「哼！說對不起也不能把電視修好啊！」斯賓塞先生說。他沒再多說一個字就走了出去。

房間一片安靜。

「好吧！」伊凡說，只是為了填補尷尬的沉默。

史考特盯著地面。「嗯。」他說，一副像是他家小狗剛死掉的樣子。

伊凡拿起棒球帽，倒戴在頭上。「剛剛還滿好玩的。」他假裝嚴肅地說，但史考特毫無笑容，視線也沒離開地板。伊凡可以理解，爸媽在別家小孩面前那樣大吼，給人的感覺很差，會讓你覺得全家都很沒價值。史考特可能希望他快點離開吧。

「嗯，我最好回家了。」

「好，」史考特說，「謝了。那個，就是剛剛跳進來幫忙的事。」

「別客氣，沒什麼。」

「因為，嗯，我爸很愛那臺電視。我是說，他真的很愛。所以，謝了。」

「朋友就應該這樣。」伊凡說著轉身就要離開。剛剛那句話讓他吃了一驚，他本來沒有打算要**那樣**說的。在發生了種種事情之後，要把史考特當朋友還真是有點難。可是，他和史考特又是什麼關係？不是朋友，但也不算敵人，而是介於中間，某個沒有名稱也沒有任何規則的地帶。

伊凡搔搔頸後。「所以，那個，對不起了，」他說，「昨天的籃球賽、審判、每件事，我都覺得很對不起。唉！你說你沒拿錢，那就表示你沒拿錢。我小題大作成這樣，像個混蛋，對不起。」

史考特點了一次頭。「對啊，嗯，晨會的事情就算了吧。你知道的，就是你和潔西要道歉的事。因為——嗯，算了就是了。」

好了。伊凡覺得好過一些了，比他整個星期以來的感覺都好。好幾天以來，他好像扛著裝滿石頭的背包，現在他覺得好輕盈，簡直能飛起來了。老天，他還**真餓**啊！他可以聽到巧克力碎片餅乾從街道的另一頭呼喚著他。

不過，史考特還是一臉悲慘的樣子，所以伊凡只說「拜拜！」，然後就轉身離開。

他走到樓梯頂端的時候，史考特出聲呼喚：「等等。」伊凡轉身看著史考特把手伸進口袋，拉出一把鑰匙，打開了角落檔案櫃的鎖。伊凡希望史考特是要拿巧克力捲心蛋糕請他在路上吃，如果現在吃捲心蛋糕一定很可口。

可是史考特從檔案櫃裡拿出來的不是小蛋糕捲，而是一只信封，伊凡馬上就認出來了。

是潔西的信封，裡面裝了一萬零二百四十元的那個信封。

史考特把它遞給他。「對不起，我偷了你的錢。」

伊凡接過厚厚的信封，他都忘了一萬零二百四十元是多厚一疊。他花了那麼多功夫，流了那麼多汗水，調製檸檬水之後，在市區到處拖著走，站在夏天的炙熱豔陽下。最慘的是，他還必須跟潔西說，他搞丟了錢。

「我想你現在一定超氣的吧？」史考特說。

伊凡很意外地聽到自己說：「不會。」也很訝異地知道自己是真心的。也許是因為那場糟糕的審判，或是因為那場惡劣的籃球賽，或是因為他將近二十四個小時都沒吃東西。不管是什麼原因，伊凡都覺得自己被掏空了，心裡就是不剩任何怒氣。

「不過，你為什麼要拿？」他看著錢問。

史考特聳聳肩。「我不知道。我想就是因為你身上有吧。」

「喔！」伊凡說。他實在想不通，史考特又不需要錢。畢竟，史考特不管想要什麼，他爸媽都會買給他：新的 iPod、最棒的曲棍球輪鞋、最大的電視。伊凡就是想不通。

可是有些事情本來就是說不通的。

「我必須走了。」伊凡邊說邊把信封塞進短褲口袋。陽光低垂在空中，媽媽不讓他在天黑的時候騎車。不久之後，他會到亞當家參加那場宣告贖罪日結束的大餐。「再見囉！」他對史考特說。

「嗯，再見！」他們兩個一起走出前院，然後伊凡爬上他的腳踏車。

「嘿！」伊凡踩著踏板騎下車道的時候喊道，「下一次要是球飛過籬笆，你就要負責。你欠我一次！」

伊凡沒留下來聽史考特的回答。下一次他們在籃球場上胡鬧的時候，「掉進沼澤的球」這個話題肯定會再出現的。

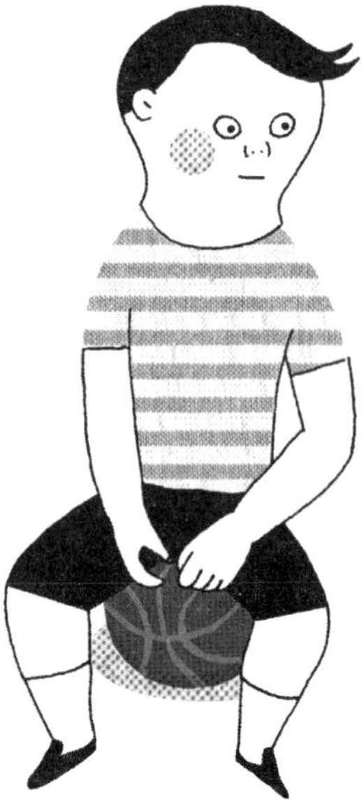

私密！

機密！

不可閱讀！！

正式的緘默協定

對於在下方簽名的所有當事人來說，這份契約具有法律效力與約束力。

在文件下方簽名的三人正式發誓，永遠不對四年O班成員，或對任何可能發問的大人透露，9月5日從伊凡．崔斯基短褲口袋失蹤的10240元，真正發生了什麼事情。

這件事已經被視為結案，從現在直到永遠，細節永遠封存。

伊凡．崔斯基

潔西．崔斯基

史考特．斯賓塞

456讀書會

由閱讀教育專家**鄭圓鈴**教授領軍帶路，
用十五個提問打通思考經脈，累積理解功力，
閱讀經驗值全方位提升！

題目設計／師大國文系教授　**鄭圓鈴**

我們將從閱讀素養的角度，根據這本書擅於敘事寫人、表達感受、記錄成長的特質，設計一些提問，希望能幫助孩子們更深入閱讀與了解這本書。我們也期待孩子們能根據這些提問，說出自己的看法，並樂於與其他人分享和討論。這樣的過程不僅能使我們更深入的了解別人的想法，也可以開拓自己閱讀理解的版圖。

1 在「檸檬水戰爭」中，伊凡為什麼遺失一萬零二百四十元？

2 伊凡和潔西認為錢是誰偷走的？他們的理由是什麼？他們的證據是什麼？

3 找一找，誰安排「檸檬水犯罪事件」的審判？

4 利用表格，說明參與「檸檬水犯罪事件」審判的學生及他們的工作任務。

5 想一想，梅根利用數學課所學到的什麼概念，發現潔西在安排「檸檬水犯罪事件」審判時，犯了什麼過失？

6 簡述審判事件的經過。

7 什麼證據告訴你，大衛一家人對大衛擔任法官這個角色十分認真？

8 梅根為什麼願意擔任史考特的律師？她有哪些辯詞對史考特獲判無罪產生影響？

9 你認為陪審團的判決合理嗎？從文中舉例證據，支持你的看法。

10 潔西利用「檸檬水犯罪事件」的審判，想為伊凡討回公道，為什麼她失敗了？

11 第十五章最後潔西體會到「當一棵樹」的快樂，你認為她從與梅根的對話中體悟到什麼？說一說理由，支持你的看法。

12 為什麼伊凡在贖罪日到史考特家？為什麼兩人的僵局被輕易的打開了？

13 你認為史考特為何願意歸還伊凡一萬零二百四十元？說一說理由，支持你的看法。

14 你喜歡故事結局的安排嗎？說一說理由，支持你的看法。

15 你從這篇小說學習到什麼？練習把它寫下來，記住每一個重點都要清楚交代你的理由或證據。

樂讀456　073

檸檬水戰爭 2：檸檬水犯罪事件

作　　者｜賈桂林・戴維斯
繪　　者｜薛慧瑩、陳佳蕙
譯　　者｜謝靜雯

責任編輯｜蔡珮瑤、許嘉諾
特約編輯｜張月鶯
封面設計｜蕭雅慧
行銷企劃｜葉怡伶

天下雜誌群創辦人｜殷允芃
董事長兼執行長｜何琦瑜
兒童產品事業群
副總經理｜林彥傑
總 編 輯｜林欣靜
主　　編｜李幼婷
版權主任｜何晨瑋、黃微真

出版者｜親子天下股份有限公司
地　　址｜台北市 104 建國北路一段 96 號 4 樓
電　　話｜（02）2509-2800　傳真｜（02）2509-2462
網　　址｜www.parenting.com.tw
讀者服務專線｜（02）2662-0332　週一～週五：09:00~17:30
讀者服務傳真｜（02）2662-6048
客服信箱｜parenting@cw.com.tw
法律顧問｜台英國際商務法律事務所・羅明通律師
製版印刷｜中原造像股份有限公司
總經銷｜大和圖書有限公司　電話：（02）8990-2588

出版日期｜2014 年 5 月第一版第一次印行
　　　　　2022 年 12 月第一版第十七次印行
定　　價｜260 元
書　　號｜BCKCK005P
ISBN｜978-986-241-851-2（平裝）

訂購服務
親子天下 Shopping｜shopping.parenting.com.tw
海外・大量訂購｜parenting@cw.com.tw
書香花園｜台北市建國北路二段 6 巷 11 號　電話（02）2506-1635
劃撥帳號｜50331356 親子天下股份有限公司

國家圖書館出版品預行編目（CIP）資料

檸檬水戰爭2：檸檬水犯罪事件 / 賈桂林・戴維斯
文；薛慧瑩、陳佳蕙 圖；謝靜雯 譯 -- 第一版. --
臺北市：天下雜誌, 2014.05
160面；17X22公分. –（樂讀456系列）

ISBN 978-986-241-851-2（平裝）

874.59　　103004665